书中的人物和场景仅在小说的世界中为真，
与现实中的人和事无关，
不表示相关看法。

致埃米，远超一切能称作兄弟的兄弟。

胭+砚
project

抗拒

A Resistência

Julián Fuks

［巴西］胡利安·福克斯 著

卢正琦 译

漓江出版社·桂林

我相信必须抵抗——这已经是我的座右铭。但如今,我又多少次问过自己,该如何实现这个词语。

——埃内斯托·萨瓦托

ns to any file

1

哥哥是收养来的,但我不能也不想说哥哥是收养来的。要是这样说,要是念出曾避而不谈的这句话,我就把哥哥限定在了某个清晰的范畴,赋予了他某种根本的性质:哥哥是某样东西,是很多人试图在他身上看出的那样东西,是我们违心却执着地在他的相貌、仪态、动作中寻觅的那些印记。哥哥是收养来的,但我不想加固这个词造成的伤疤,也就是转化为某种特性的这个词本身。我不想加深他的创伤,而既然不想,就不能提及创伤。

我本可以在过去时中使用这个动词，说哥哥曾被收养，令他脱身于永恒的现时、无穷的持恒，但我无法克服这种表述唤起的怪异感受。哥哥在被收养以前没什么特别，在被收养的时刻，更确切地说，在数年后我出生的时刻，才变成了哥哥。说哥哥曾被收养，就好像毫无悲伤地说出我失去了他，有人夺走了他，说出我曾有个哥哥，但有人前来，带他去了远方。

最后一个选项最能说出口；这是引起不安最少，或说最能隐藏不安的选项。哥哥是养子。收养的儿子，这说法很有技巧，更容易让社会接受；又有新意，立时就免去他从前的烦扰，仿佛涤清了其中招人不快的意味。我说哥哥是养子，人们往往郑重地接受，掩盖起一切感怀，垂下目光，似乎并不多想再问些什么。他们也许和我一样不安，也许其实在下次举杯或进餐时就忘记这事。如果说不安仍在我心中回荡，那是因为我也只听了这话的一半——哥哥是儿子——而很难接受全句并不复述惯常的事实：哥哥是我父母的儿子。我说着哥哥是儿子，吐出的却是问句：谁的儿子？

2

  我不愿设想，产房宽敞、冰冷、昏暗，静寂系于瘦弱男婴的沉默。我不愿设想，那只壮健的手抓住他两只小腿，粗暴的拍打落在他身上，让啼哭回荡。我不愿设想那哭声的尖厉，那婴孩第一息中的绝望，对将接纳他的怀抱的渴望：一个他得不到的怀抱。我不愿设想一位母亲气若游丝中伸出的双臂，以及靴子踏上台阶的巨响截断的哀泣，那靴子又离去，带着他一起：孩子了无踪迹，徒留产房宽敞空旷。我不愿设想孩子就是一个女人的毁灭。我情愿这些画面消散于至暗的梦魇，寓居或曾寓居我身侧的床上的诸多噩梦中最骇人的一段。

我描述不出怎样是幸福的分娩。白色房间，白色被褥，接生婴儿的白色手套，洁白、人造、非人、科学。完全无菌，当然，也无幸福。一位男助产士将他托在不含感情的双手上检查：婴儿肢体完整，有呼吸，肤色透红，四肢发育良好、灵活，心率正常。别给母亲看，确切地说，别给生下他的女人看。一时的情感波动一文不值，尤其在如此敏感的时刻，分娩的痛楚在减弱，一块负重卸下，可能出现短暂的空虚，这样的不确定因素绝无好处。暂时的怀抱于他无益：最好是尽早见到真正的父母，张开了双臂准备迎接他、热切又坚决地要完全接纳他的那对父母。

平心而论，我情愿自己并未沉浸在这场出生的画面里。讲述一个孩子的出生，就是讲述一个存在突然而至，一个生命被创造出来，而没人比这个生命更在乎这一刻，没人比这个来到人世的孩子更关心这一刻。要给这场出生配上该有的喜悦色彩，我希望他应得、希望哥哥像所有生命一样应得的喜悦，我只得求之于不久后在他面前面面相觑、最终答允了称他为儿子的人的笑容。那该是舒展的笑,恰合时宜的精神松弛,符合所有渴盼已久的慰藉。但孩子出生不为提供慰藉,他出生,自那之后就要求自己的慰藉。他啼哭也不为别人能有笑容,他啼哭是要让那些人抱起他、保护他、爱抚他,抚平早在那时就折磨他的无可挽回的孤独无依。如果说我不愿把那孩子想作一个女人的毁灭,那我也不能把他想作另一个家庭的救赎,而那将是我的家,是永不该向他索求的、不应有的救赎。

3

  他是收养来的，有一次我这样对一位表姐说。她从前总执着地强调我们不同，他和我，他的发色更深，头发更卷，眼睛的颜色要浅得多。我的话里没有恶念或敌意，我想，我该是五岁上下——但是，如果我现在觉得要为自己辩解，可能我那时其实是受某种无心的残忍驱使，对此我警惕至今。那时我们在父亲开的车上，母亲一定不在，因为哥哥坐了前排，不知道在听我们交谈还是在神游。突然的安静。我可能被姐姐轻轻杵了一下，我觉得她坐在旁边，或者那一下只是我发觉犯了错时感到的难受，没被人拿胳膊肘戳时我也许多次感到过的那种难受。在许多难以追忆的安静中，那阵安静过于尖锐，我铭记至今。

我并非要为自己引起的误会开脱，才说我们那时接受的教导不清不楚的。哥哥一直知道他是收养的，是父母说的，而这曾一直让我不解，或者说现在仍让我不解：怎样能把这种事情说给尚未掌握基本词汇的孩子，要以怎样的超脱和冷峻说出妈妈、爸爸、宝宝、收养？如何能表达事关重大、传达这种事必需的严肃，又不加以不必要的沉重，不让事实变成男孩永远无法承受的负担？是温尼科特指出了各个步骤——我们很大程度上遵循了温尼科特理论的指导，我很多年后才有所听闻，没确切理解，但留意到了他哀伤的口吻、痛苦的语调。他知道，我们知道，房子里住的所有人都知道，这是人人知道的常识。然而，某种程度上来说，相反的过程也发生了，在某个时刻，曾经的言语变得不可言说，真相缄口，恍若消散。我不觉得这样说不准确：哥哥向所有人强加了最让他舒服的沉默，而我们只是接受了，如此善良，如此怯懦。

记忆里哥哥眼中盈满泪水，但我怀疑这细节出自我最初几次回想时的臆造，那时这段往事已因某种愧疚变得模糊。他坐在前排。要是哭了，他肯定忍住了哭声，用手抹去了眼泪，或者把头转向了窗户，视线投向可能有的行人。事实是他不会看我，不会转身向后。盈满泪水的，或许是我的眼。

4

蔓延的沉默何其有力，远超瞬时的难过与那道创伤。多年来，我惊叹于哥哥的能力，他能迅速摆脱令他不快的想法，自然地打断交谈，转移话题时不着痕迹，轻巧地从一个想法滑到下一个。面临不明不白的厄运、人们没说出口的不合适的话、烦心事的微小苗头或暗示，我能看到他的脸皱一下，很快恢复平时的神情，恢复他的冷淡，他麻木的无悲无喜。不少迹象显示他确实懂得遗忘，尽管遗忘并非确切的形容——我能猜到，父亲母亲会说是压抑。不少证据表明他有很长时间甚至不向自己承认,既不接受也不认可——夜以继日,甚至可能积年累月地锁在房间里,不许这些东西占有他,不许脑海中重现我不想也不能说的一切、我不必说的一切。他也不必说给自己吗?

蔓延的沉默会多么有力,我问自己,远超瞬时的难过,远超那道创伤,也远超那桩过错,我最终这样回答自己。在很长一段时间里,我也曾会遗忘。我们又一次坐在车里,旅途漫长,疲惫几乎和反胃、炎热、气愤一样占据身心,我似乎又一次试图为我的不体贴、不谨慎开脱。出于某种原因,我在生姐姐的气,不愿再挨着她,与她共享这段旅途、这片空间,但我必须这样,因而暴怒:我不是你弟弟。我说我不是她弟弟,她发火说,不行,你就是我弟弟,你能怎么着,你就是我弟弟,你永远是我弟弟。我坚持说,我不愿意,你不是我姐姐,就这样,就这么定了,我说了算。她向父亲求助,父亲忍着笑为她说了公道话,母亲赞同,也笑了,把一切的荒唐、我所坚持的东西看作笑话。那时候说什么都没用:不算数,都见鬼去吧,我不是她弟弟,就这样。

这事成了家里的典故,聚会时哪怕在场所有人都听过,也会被反复提起，当作童言无忌或者我过分执拗的证明。这事通常用快活的口气提起，来自父亲母亲这两个前排乘客。后座的我们两个也用同一种语调，也把这事当趣事回想，后来还当作仪式，巩固我们之间建立起的同盟。

但车里是我们五个人。哥哥没说起过这事，现在也不说，情愿在桌上他那一角沉默，咽下自己剩余的食物，一次比一次更早地离开。我坐在中间，她和他之间，争辩时应该背对着他，满心要捍卫我那不可能的立场。我不知道我那些力争的话会怎样钻进他的耳朵，他是否曾为听到我轻视血缘关系而愉悦，又是否曾因得知我眼中手足之情的脆弱而痛苦。我从不质疑他是我哥哥，不想破坏我们的关系。但我问自己，即便如此，他是否就不会有那么一刻，蹙着眉头，垂下目光，皱起那张年少的脸。

5

我走在布宜诺斯艾利斯街头，观察人们的脸。从漫步布宜诺斯艾利斯街头、观察人们的脸的经历出发，我写了一整本书。我曾想做自己的镜子，想到处自我复制，想仅凭熟练的伪装就把自己当阿根廷人，这样就终于能在一模一样的人中间穿行。我从未想过哥哥走在布宜诺斯艾利斯街头会是什么感受，会有怎样未知的痛楚涌上脊椎。每当他面对标志性的相貌、惯用的手势、更执着的视线、似曾相识的身影，会是多么巨大的恐惧，或者怎样残忍的期望，设想会有一天，一张脸像他照镜子一样出现，确实一模一样地出现在他面前，这一模一样的人又复制出很多份自己。

我突然明白，或者觉得我明白了，为什么哥哥不再光顾这座我们从未能抛下的城市。父亲母亲被逐出布宜诺斯艾利斯时，他不足半岁；他们没获准返回时，我们全都觉得被从布宜诺斯艾利斯排除在外——尽管我们中的一部分，姐姐和我，甚至一步都不曾踏上那里的土地。放逐可以继承吗？我们这些孩子，会像父母一样被祖国流放吗？我们该自视为失去国家、失去祖国的阿根廷人吗？政治迫害也服从遗传规律吗？这些问题不适用于哥哥：无关父母，他是阿根廷人，是流亡者，是失去了生身之土的人。让我们妒忌的或许正是这一点，这份身份的自主，无需论证自己的阿根廷性的事实。他在那里出生，曾比我们更阿根廷，永远会比我们更阿根廷，无论取自何种意义。因此，数年后我们不免惊讶，因为发觉他不再与我们同往布宜诺斯艾利斯，不再与我们同行在那些执着的造访、漫长的停留，而我们竭力想从中重获也许已被间接剥夺之物。

我走在布宜诺斯艾利斯街头，在国会广场停步，面向五月广场母亲会的驻地。我在门前犹豫片刻,决定不进去。我已经为了单纯的观光或好奇去过几次,已经走遍书店的每个书架,已经在驻地的连廊喝过咖啡,已经饱读母亲会的记述、事迹和口号。此刻我意识到自己不想进去,在门口驻足却没想在门口驻足。我意识到在门口驻足是因为想要哥哥站在我的位置。

6

那些同室而眠的无数个夜里,我们都做些什么?是谁先入睡,把另一个放逐到难耐的寂静和黑暗,驱赶到为阴影恐惧、被窸窣声惊吓的境地?当他的兄弟安详地、漠不关心地、自顾自地打着鼾,剩下的那个在受什么样的胡思乱想笞打,被什么样的童年幻梦恐吓?是谁问另一个有没有睡着,只为了用颤抖但实实在在的声音填满隔开他们的那片神秘空间?

这些问题引人误解,过于抒情而远离真相。我选择借夜里的恐惧讲这个故事,就是把自己置于不安之中,让自己做主角,就把不应有的漠不关心推给了哥哥。是我不愿关了灯睡觉，是我深夜惊醒，穿过幽暗的走廊，躲到父母床上。有时候，凌晨时分，我们还会在宽敞的双人床上收留姐姐，紧拥着继续入眠，那么一小片地方挤下整个家的五分之四。哥哥留在另一边，在自己的被褥之间，此时有些东西应该加深了，如果不是他不畏惧的寂静，起码也是助他安眠的孤独。

如果我还记得，故事可能非常不同。那八年里我和哥哥同住一个房间，接连同住一个房间，现在我记不起我们如何交谈，是否曾玩闹，是否共同玩过某个游戏或起过什么能体现年龄差异的争执，是否有过他让我见识孩童的恶作剧而我却没埋怨。也许没有，也许我们保持着距离，也许我们彼此威慑，厌倦于现在仍不时占据我们内心的空虚。

我记得那些房间的布局，床，另一张床，柜子，窗边的书桌，那扇窗将我们释放到广阔的城市，无论圣保罗还是布宜诺斯艾利斯。我记得他贴在墙上的那些鲜艳的海报，或许有几分意图是想让我分享这份激情。我记得我的一些玩具、我着迷过的廉价塑料玩意儿，以及在他没回家时，我整晌整晌不知疲倦地摆弄出复杂情节的玩偶。我那时想象力充沛，如今精彩的虚构已离我而去。我记不起在他身边度过一分钟、十分钟或一小时是什么感觉，也编造不出。那样的八年是如何度过，我不知道该如何回应这个问题，这里将再次回避关于现实的看法。

我得知他那时爱护我，不是因为妈妈一直夸赞他，强调他有多爱我，含蓄地乞求我鼓起勇气再敲一次他的门。我知道他爱护我，是因为他的一个习惯动作没逃离我的记忆：手掌盖住我的后脖颈，食指和拇指搭在脖子上，交替下压，轻柔地指引下一步的方向。我们并排步行时，他就这样引导着我，穿过一切可能困住我们的人群。

7

这不是故事。这是历史。

这是历史，然而我能调用的几乎全是记忆，是遥远岁月的片刻掠影，是先于意识和语言的印象，是我固执但拙劣地转写为言语的些许残痕。这不是抽象的担忧，尽管我极其依赖抽象：直到现在我都在写出的这些只言片语里寻找哥哥，但一丝也没找到。某种看法也许适用于他，某个描述可能让人想起他，含混曲折的段落间隐没了一些符合事实的语句，仅此而已。至少到目前为止，不要因为这条不必要的说明就认为我坦率：

我很清楚，一本书不可能解析任何人，纸笔永远造不出人的血肉之躯。但我在这本书里说的并非文学上的形式主义，而是更要紧的事：我曾说起害怕失去哥哥，但每写一句我都觉得在失去他。

我一时昏了头，忘了事物也先于言语出现，忘了努力触达言语往往意味着新的谬误，而正如此前因为这篇文字，我来到这间公寓，是要在让我重获哥哥的实存的东西背后，找寻他的踪迹。我想他正把自己关在父母家的房间，我不是在他家里，不是在父母家里，没法敲他的门。我们相隔数千里，相隔一整个国家，但幸好母亲有特殊的习惯，在我们家的各处住所留下了些物件，维持着我们之间的联系。布宜诺斯艾利斯的这间公寓无人居住。祖父母去世后，这里只是过路人的落脚点，来去匆匆的远亲心思各异，早已忘记彼此。我发现书架上插着一本相册，抽出的角度恰好显得漫不经心。翻过几页，我才终于突然地见到哥哥的脸，终于意外地找到一直期盼的东西。

那张相片没说出我所期待的，什么都没说。照片上只有他柔和的脸出现在阴影笼罩的阳台正中，眼睛透过镜头凝视着我，那双眼颜色那样淡，头发比我能想到的更柔顺——我可能会嫉妒的幼时美貌。他歪着头像在提问，但我知道我编不出他在问什么。他半张的嘴也不作声，但我必须投去目光，确认我对他行的不义，以这不堪一击的尝试对哥哥行的不义。我不能把这个男孩，这个男孩和他如今所是的男人，写成脆弱的形象。我不能在他身上附会任何没来由的痛苦，将他归于过度的多愁善感，简化为怜悯的对象，让他轻易就被触动。尤其是，我不能把哥哥写成个哑巴，无法自证，无力辩白，或者说无法在情势所需时闭口不言。为什么我做不到让他说话，让这部小说里哪怕一句话算在他头上？我会不会在试图用这本书夺走他的人生、夺去他的形象，也不动声色地剥夺他的沉默和声音？

我说不准这是不是故事。

8

三个孩子之间,只要三个孩子之间,就能建立起互助、排外与结盟交织的世界。有种游戏,不知道是从我记忆深处完好复现的还是我现编出来的,像受人指使般排布着书页,用言语弥补我此前的不作为。我看见,或者编造出,哥哥叫我们安静,一个指头立在唇上:他让我们悄悄拿来所有能抱起的靠垫、枕头、床垫,堆在走廊里,把公寓隔成两半。他让我们合力堆起高大的路障;却还不知道、不曾怀疑那高大的路障也会将我们分隔。

那是美好的时光,我们扑向那堆柔软的路障,试图跳出杂技般的动作,随心所欲地冒险,不作思量地调动着身体。那时我们是兄弟姐妹,而在兄弟姐妹身边很容易想做不负责任的事,幻想着大人未必有的责备、对我们可能面对的危险的排查。哥哥的跳跃动作里,危险变成了表演,我和姐姐常常退开观赏,赞叹他的灵巧,惊叹他的勇敢。有人会说,这是他驱散敌意的方式,他扑向空气,克制着痛苦和无助——那痛苦映在我们眼中,我们只要看着他也就驱散了。但这些似乎都没减少那些动作中的快乐,都没减淡他脸上难得的笑容。

接下来笑容才减淡,就在游戏行将结束之时。那时我们在兄弟姐妹身边,而兄弟姐妹之间一切联合都只在一时,一切和平都转瞬即逝,一切亲昵都为下一次进攻启幕,这不可避免的攻击由最柔和的言语宣告。一声令下,我已在哥哥身边,路障的一边,靠垫突然被抓起,战斗就这样打响。此时姐姐成了要被镇压的敌人,她很快放弃抵抗,在冰雹般密集的进攻下屈身,两臂抱头趴在地上。姐姐蜷缩的身体像是画在地板上的剪影——我是看到了,还是编出了这场面?我该是用无力的进攻为哥哥助力，还是能在那时背叛他，打破我们的协约，做哥哥的兄弟，谴责当时犯下的懦夫行径？

那晚，我们沉默地等姐姐回来，在门边的餐桌旁等待，希望在她到家时在那里。她到家时还没平复，仍在啜泣，父亲表情严肃。断开的门牙永远无法修复如初，那个女牙医这样说：现在半颗牙都是树脂，牙齿和树脂的颜色永远不会相同。我不知道我们是什么反应，哥哥和我，我们的眼睛是否表达出某种痛苦，表达某种同情、礼貌的同情。我想我曾想要睡在她的房间，就那一晚，但羞于启齿。

9

  我坐在餐桌前,尽管独自一人。我坐在餐桌前,不为饥饿,不为用餐,感受到有许多份沉默相伴,感受到每份缺席都各归其位。现在是布宜诺斯艾利斯时间晚九点,圣保罗时间晚九点。在另外一间客厅,父亲母亲应该正坐在桌前,他们小心放在一边的餐盘里有些许残渣,没有新鲜事要谈论,没有新的担忧要吐露,各自在自己那杯茶里画着圈。我双手搭上孤独的桌面,我发觉我也在描画图形,指尖随木材的纹理移动,但木纹没闭合成圈,我的动作犹豫起来。这个时间,哥哥应该已经回了房间,我只能想到这些。他已经尽力咽下给他的东西，发出几个他惯用的音节，起身然后安静地离开，避而不答他们避而不问的话。

我不知道他会坐在哪里，不知道我不在时他们坐在哪里。父亲往往坐在上首，母亲在他右边，但在她对面、他左边，自古以来该是长子的座位，我们谁都没稳坐。很多年里哥哥好像接受了那天然是他的位置，遵循着某种不必明言、毋庸置疑的位次。姐姐和我分坐其余两把椅子，依照某种特别的逻辑——沿用那三人中已形成的性别区分，我能推测出的是这样：她和母亲一排，我和哥哥一排。后来他才开始在房间里磨蹭，无视我们一遍遍的轮番呼唤，越来越起劲、最终才触动他的催促。当他终于向晚餐屈服，我们甚至听不到他的声音，他的双眼成了眼睑构成的哀伤帷幕，但他的自我封闭太过宽广，他的沉默四处回响，仿佛占据了整个空间，迫使我们也不再说话。我想是为了避免每天这场小型战斗，我们才坐了他的位置，姐姐或者我，看谁先耐不住我们之间拉开的空隙，谁先敢于打破传统。之后几年里，长子不是最先到这个世界的人，而是最先到桌边、又敢坐在那里的那个。

他会在餐后甜点前离席，我想他总是在甜点前离席，这里不是说我们百尝不厌的那一丁点水果、圣保罗找得到的各种阿根廷水果，或者体型越大分得的分量就越足的巧克力。我是指这个词在西班牙语里的意思，是填饱肚子之后在餐桌上度过的时间，在言语中重获不愿放走的一段过去的时间，仔细搜检生命的细枝末节的场合。为什么如此依赖过去，为了什么在那些漫无目的的叙述里雕琢从前的时日，这问题我们谁都没提，一如我们缺失的诸多疑问。今晚，我想我已明白父亲母亲为何永远找不到答案。如果说我在九点钟坐在桌旁，不为用餐，不为饥饿，如果说今晚我的孤独有了这四把空椅子的形状，那是因为我希望能听到、再一次听到那些故事。

10

有人推测家族的历史源于德国,但是,既然是个犹太家族,或者哪怕不是,既然所有家族都一样,从不可确知的时代就存在,全是唯一的远古祖先的支系,那这个起点显然就选得无凭无据,可以放在任何时代、任何有人类定居的古老地点。有人推测家族的历史源于德国,因为我们的名字来自那里,也因为在那里,在尚处神话时期的某个谱系中,我们的一位族长可能曾是植物学的先驱——配得上用花名加颜色称呼,我们也继承了的花名和颜色。但这些是次要的细节,无关紧要。我们家这一半真正的历史开始得晚得多，启于一部分人迁往罗马尼亚，在特兰西瓦尼亚购置土地，按新语言的拼写方式改了姓。于是，在没被记载的某个小镇，我未曾谋面的祖父降生了，一位传说中的亚伯拉罕，祖母后来在不远处出生，是位伊丽安娜，我对这名字十分陌生，尽管父亲念得无比亲昵。双方都是犹太人，都在堪称黑暗的世纪之初惶惑不安，都为甚嚣尘上的反犹主义威胁到了身边人而心生惊惧，在一九二〇年代的同一时间迁居布宜诺斯艾利斯。一九四〇年，在布宜诺斯艾利斯，当有关突发的战事的消息越来越不乐观，当流放集中营的许多亲戚的信件已经开始减少，一九四〇年，在布宜诺斯艾利斯，他们有了我父亲。

至于我们家的另一半，故事更不清不楚，可能因为母亲散漫、粗略的叙事风格，她曾厌烦回想旧事；也可能因为没有高潮和主要矛盾。她将源头归于意大利不知道哪个地方，但后来我才注意到名字不能佐证这点，反而暗示着西班牙血统。离开西班牙后，我想他们是带着贵族的名头迁往秘鲁，到利马加入了某个老派执政官认为必需的天主教上流社会。随后几代人的财产和轶闻相当富足，尤其是某位高外祖母或更早一辈爱上一个男人并为他绝食而死，被母亲看作浪漫故事。应该是外祖母莱昂诺尔向母亲简略讲过这些人的生平，关于这位外祖母我只记得她坐上轮椅后那些日子里的端庄。她一定也讲过结识米格尔的那段烂俗情节，阿根廷企业家在利马俘获了她的芳心，带她来到草原上的牧场。母亲在那个牧场度过了童年，几乎只能和兄弟姐妹做伴，反复做同一个梦。她很多次说起，梦里一架飞机从天而降，救走了她，最终把她带到某个有趣的地方。她搬到了布宜诺斯艾利斯，救走了自己，迷失在遍地人潮和学校里拥挤的走廊。

但我不知道我为什么复原这些旧事，为什么分神去留意无关紧要的细节，像一切小说一样远离我们的生活的琐事。我想是我总不能明白，当我听闻这些曲折的故事、漫长的路途、不休的迁徙、短暂的停驻，我想我总不能明白父母对他们视为家乡的这座城市的眷恋。既然很多人在他们之前已经是扎了根的移民，既然很多人已经只把家当作已作别的风景中的剪影，哪怕可能忘记所爱的旧面孔、童年的秘密基地，为什么他们曾那样抗拒放下令他们恐惧的那个国家，为什么他们现在感受到的痛苦会与众不同？我知道那时是放逐，是逃亡，是受外力所迫的行动，但所有迁徙难道不都是迫于某种不满，都是某种意义上的逃亡，是与栖身之地间无可挽回的不相容？还是说，在这些莫名其妙的思索、不合时宜的疑惑中，是我在贬损他们的斗争、藐视他们的经历、诋毁多年来迫使我们严阵以待的流放？

11

我看着这对年轻夫妇褪色的留影,那是一张黑白相片,被岁月过多地抹去了色彩。有些东西让他们看起来不合时宜,凸显着时间上的差别——可能是发量、衬衫明显的褶皱、他们坐着的狭窄石凳,或者其他什么我没察觉但让他们某种意义上永葆青春的东西。因为那是我的父母,又因为不只有他们,父亲怀里抱着个女孩,我知道了照片拍下的是二十世纪八十年代初,但我又觉得要更早得多。我正看着历史上的人。他们在照片上显现的瞬间是过往道路上的节点,是他们复杂人生中的许多节点之一，而这些生命与一段共同的过去、一个时代的行进、一个时期扭曲的创伤相互交织，彼此缠绕。我不知道我了解他们多少。我描绘不出他们愉悦的笑。我不明白行为和巧合如何隐秘安排才将他们结合，但我知道正因这桩结合才有我的存在，以及我此刻写下的这些感情贫乏的言语。

要估量父母间的关系，解读他们何以相互吸引，议论其感情，子女绝非最佳人选。甚至不能提问，是何种奇妙的交集撮合了生来保守的天主教徒姑娘和出身波希米亚社区、皈依马克思主义的犹太小伙，毕竟这种说法会将两人划归为封闭的身份、生硬的分类。关于某些情节自然有所保留，但只需指出两人都是医科出身，在同一处精神病院实习，不久后双双成为精神分析师，就足以轻松解出所有谜底。这时有了另一种讲法：他们并非对立，而是两个相同的人，他们的结合出于批评在全世界的医院通行的、古老的精神病疗法中的粗暴野蛮，并坚持更人道、更包容、更全面、更温和的诊疗方案。这则小说的情节就从一个谎言来到另一个：不再是寻常家庭中那些微不足道的原则，而是两名阿根廷青年在空前紧张的政治局势之下的各式理想。

如果说那两个年轻人相同，那么顽固滋生在那些平常恋情里的庸俗的不相同就不会让他们领略。我很少听说他们接触时的事，那个可以称作追求的阶段的事，但这些事似乎都有关保护，涉及一种传统观念，认为他的职责是保护她，提供在她一个人时这个世界拒绝赋予她的安全。前往餐厅途中，一次突然的刹车，他的手臂伸长去扶，手掌拦在她胸前，纯粹的条件反射，标准的英雄行为，对此她清楚如何感谢——十指交握，庆祝这万幸的结局。至于餐后请他上楼到她房间的邀约，不是因为她想，或有古老教规不容的念头，而是因为有所恐惧，希望有人当面确认床下什么都没有，没有那段时间里栖身她噩梦中的邪灵。

他们不怎么去他家，因为他也有恐惧。他怕肩膀被摔在门上，怕突然出现的手翻检他的东西，怕自己被铐了双手伏在地上，这些可怖的画面搅扰着他的睡梦，带来了我曾多次目睹的经年失眠，我曾见他像不安的人影在冰箱里摸索。他也怕她想往床下看，发现他应允藏在那里的枪械。

我没在照片上看出这些恐惧,照片上是另一段时间。他们脸上的微笑也许源于恐惧消散,尘埃落定,终于在巴西某个海滩上实现了起码一部分休战。姐姐没笑,但她只是个婴儿,笑对她来说不过是种反射活动,没人能领会的无意义的肌肉抽动。唯独哥哥的表情令人惊讶。他平平地咧开嘴角,面颊因此鼓起,像是不情愿却有人叫他笑。他的眼睛在这张黑白照片上看不分明,眯缝着几乎不见,但我差不多能肯定,他负重垂下的那对眉毛带有某种苦闷。

12

父亲床下的枪。我想起那些枪,让那些枪在意识中留存。从一长串虚构的场景里,我推断出枪在那里的情形:几把左轮手枪锁在一个木箱里,箱子上随意盖了块布,整个场景笼罩着微弱的光亮,光线来自唯一开着的窗子,窗帷随风飘动。这样想着父亲的家里、他的单人床下的枪,那些武器便施展出我不能理解的魔力。我一贯反对这种东西,真切的威胁和死亡之象间不妙的汇聚,我一贯主张和平。此刻我想到那些枪,不能理解我感受到的兴奋、涌上心头的自豪,仿佛父亲的履历定义了我：我是骄傲的左翼战士之子。而这部分地肯定了我，弥补了我自己的不作为，将我不充分地纳入了不妥协者之列。

我正在父亲当时的年纪，这足以让我明白，他那些枪不属于我，我不会想拿起枪，成为他的战友，只能辨析概念，尝试理解那些武器。如果说我尚未理解，或许是因为枪的存在从来不是真切的消息、确凿的事实，有力的反驳从没少过。没有，我们没在床下藏过枪，母亲每次都否认得同样坚决，而他次次承认，次次顺应，次次点头。然后他就沉醉在含糊的独白里，谈论那个年代的乌托邦设想，切·格瓦拉宣扬的游击焦点论、多个"越南"对抗帝国主义，古巴革命就是积极的例子，还有些朋友加入了桑地诺主义运动。没有，母亲这时会生起气来，是谁？她想知道。接下去是我在他们的对话里听过的一长串名字，她听着那份名单，等待偶然的疏漏：没有，他没有，阿尔伯特，卡洛斯，文森特，他没掺和。怎么没有，那他去古巴干什么？他去古巴是因为他那连襟住在哈瓦那，母亲反驳说。他去古巴是要接受训练，然后到尼加拉瓜战斗，父亲这次坚持道，失去了耐心，忘记了暗中窥探他们的人影，不知道相信哪方的人。

　　围绕这些细节的争论往往气氛紧张，仿佛每个微末的事实都不限于其自身、止于表面的琐细，都顺应某种更宏大的讲法。其中还有几十年紧张气氛的残存，比如旧日的羞耻心拖延着他们此时有权说出的每句话，过时的观念规定着机密、不能承认的隐秘，仿佛说出那些事实、点出参与者的名字就是泄密，会被那场运动追究，甚至被残暴政权穷追不舍的刽子手处决。有时他们提起某件事时会压低声音，有时他们吞吞吐吐，故事只讲一半，我清楚地感到他们依然怕我们听见，感到他们眼里我们还是孩子，要避开这世界的残酷，甚至仍是危险的双面间谍，会在不经意间供出他们。

　　供述给谁呢，我问，现在谁会关心很久以前的小小曲折，父亲永远答以谵妄与理智怪异的混杂：独裁可能再来，你一定会明白。独裁可能再来，我知道，也知道独裁的妄为、压迫和苦难以各种方式、在各类体制存在，尽管大批公民隔年向投票箱进发——这是我听他回答时想到但忍住没说的，想让他避开这世界的残酷，或者怕他不能理解我的话。

| 抗拒 |

他们对我说的,差不多都收回了;我想对他们说的,差不多都堵在我的喉咙,扼住了我的呼吸。我知道也不知道父亲曾投身某场运动,知道也不知道他曾在古巴受训,知道也不知道他从未向什么目标瞄准开枪,只是救治巷战中的伤员,发展新的成员,到贫民窟宣扬马克思主义。他知道也不知道我在写这本书,这本书写的是哥哥也是他们。在知道时,他说会给我一份秃鹰行动文件,上面有他的名字。我请他交给我,但没说想写进书里,没说我荒唐地想用文件为我的胡编乱造背书。也许是为自己的虚荣而羞耻,他没把那份文件给我;我没再索要,也感到羞耻。

13

父亲从没想过要我,没想过要任何一个孩子。我这么说,能想到有的读者会感到同情,还有的会觉得有些理解我或理解这些所谓的剖白,认识我们的则会笑话其中的荒唐。关于父亲从没想要有孩子这件事,业已成年的我们得知时毫不惊讶、全无触动,对他与命运作战而败北报以欢快的嘲笑。他的这种抗拒并不令我感到惊奇:既然在身边人的催促下、在我们对繁衍不息的不懈追求的推动下,我仍抗拒怀抱一个说是属于我的孩子,我只能说父亲对做父亲的拒绝合情合理,幸好他失败了,没得到支持。不过，正是通过反差，而非相似，我才理解了他。当一个人的时间被恐惧截停，不信任新的一天或任何未来之事的迫近，夜夜在战栗中预想到肉身脆弱、生命易逝，他怎么可能想生养一条生命？

真正让我惊讶的反而是母亲的不容动摇，她对组建家庭的执着，她的一次接一次怀胎、腹中一个又一个孩子。这漫漫长路、投入的忘我，我们无法以笑声纪念。难以详细描述他们遭遇过的重重阻碍，不断出现、日益强烈的挫折，对新的方案、对查不出的缘由、对哪怕一丁点反馈的不休追寻——难以详细描述，是因为她总是略去细节。她的遭遇曾是太多男男女女的遭遇，叠加了那个国家压在她身上的动荡：如同那时太多夭折的生命，她空瘪的子宫中酝酿的生命也一次次夭折，她的生命也因此耗竭，累月经年间被无力填满。不，不是这样，她也许会反驳。那时她的生命里可能只剩下怀上孩子的愿望，这是以另一种方式斗争，是否定体制所谋划的毁灭。怀上孩子的行为永远是一种抵抗。也许确保生命延续只是需要遵从的又一项伦理要求，是对抗世间残酷的另一种方式。

但就连这种对抗也未获成功。随着一次次失败的剧痛，除了实质的疼痛，渐渐也滋生了哀伤。那些难眠的夜里想象出的孩子，他们为了忘记经日的恐惧和悲伤而谈起的孩子，她在镜前抚摸着的肚子里的孩子，那个理想中的孩子，不会到来，也不会有谁孕育。我不知道他们花了多久才认输，他们，我们的母亲和父亲，以各自的方式认输。我知道他们一起决定了尝试收养——或者说一起决定了，如果她收养，那他也收养。在一九七六年的同一个上午，她怀上了两个许诺：第一个医生保证说，如果坚持治疗，六个月就能解决；第二个提出尽快给他们找到新生儿。到这一步他们已经无所谓了，无论哪个都能终结他们的痛苦，无论哪个都会受到欢迎，会是圆满的喜事。无论哪个，只要是先来的、能称作孩子的孩子。

14

四个人才够,当餐盘里没了肉,沉默笼罩了房子,父亲常这样说。随即是段开场白,说这故事来自很久以前某个未知的讲述者,再有一串无意义的点评,主旨才终于姗姗来迟:四个人才够做盘沙拉。一个吝啬鬼、一个败家子、一个智者、一个疯子,编故事的业余作家这样形容。吝啬鬼只要滴上几滴醋,败家子泼油,智者忙着称盐,疯子上前乱搅一气。

我想我们会觉得有趣,姐姐和我——那时我们是小孩,应该能在这类寓言中取乐,能得到关于生命、关于叙述的感染力的教育。但我记得我曾提出我的困惑,那个观点我现在还在思考,现在还会在出神时突然记起,然而从过去到现在都充分暴露着我的天真。为什么智者不能全做了,我问。作为智者,他应该能平衡各项用量,该多时多,当省则省,在最后一步用尽全力,完成制作。

父亲大笑,我想他是笑了,笑里有迁就的意味。我想那个情境下那是他的嘲弄,他笑声里的克制在嘲笑我高估了智慧和理性。他没否定我,是因为认为我不久就能自己明白,时间会一天天除去我的自大,强迫我谦卑。的确,每一天都强迫着我,但我明白得迟缓而艰难。关于生命的那一课,我最终吃过苦头才学会。

15

有关过去一些时日的强压,回忆鲜活,几乎触手可及,剪裁出回忆的那些画面过于生动、过于清晰,让我不能相信。矛盾之处是,如果说我该确保某些场景中的事实足够具体,如果说我只能去辨析其中的意义,讲述这些画面好像又太过困难。只是我不允许自己说出并非如此——像某一天的父亲一样说出疯狂的、愚蠢的句子,话里他否定了两次,没能显得果断。这里我只否定一次,我不想谈论父亲。我想谈论我的兄弟,也想谈论一个疯狂的、愚蠢的夜晚里我曾成为的兄弟,以及那以后我不知道如何成为、再无法成为的兄弟。

那时我们有两三年没共用房间，没共享沉默和孤独，而是各有各的沉默和孤独，各自与凌晨时分的幽灵战斗。但我每晚游荡到他的房间，不是因为觉得寂寞，或害怕黑暗——我已经长大了些，差不多是个少年，不会允许自己那样孩子气。可能是出于习惯、屈从于时间的惯性，但我情愿当作在那里也享受在他身边的快乐，没道理、无意义但却不容动摇的快乐。

那天晚上，我们的孤独又添了一重，他的一个朋友和我们同甘共苦。三个男孩之间似乎不该有沉默，必须填上嬉笑、玩闹，一面取乐，一面反复确认我们是谁，我们在某个神秘秩序中的位置。然而，一时之间，我还没明白是什么排除了我，就已经不在其中，没有了位置：他们两个是青年，聊着我没听过的事，而我只能体会我和成为少年之间的"差不多"。明智点的话，我本该闭嘴，克制住自己。不明智的我，用手里的球代替我说不出的动词，狠狠砸向了我们的朋友，或者说是哥哥的朋友的头。不是因为愤怒，我说不是因为愤怒，我相信是对的。几秒前他正双手捂脸，应该在严肃或痛苦地倾诉，而我以为那是防备松懈，以为打到他会很好玩。从结果来看，我明白我错了，不该用球砸他的头。我明白了那并非玩闹，而是无理的暴力、特殊的暴力，不能容于兄弟、朋友之间，也不能容于亲近的青年人之间。

哥哥把我赶出了房间，但说哥哥把我赶出了房间并不准确——不只是歪曲，而是几乎颠倒了事实。他没叫我出去，也没把我丢到走廊上；他抓住我的胳膊，带我往相反的方向去，房间更深处，直到通向阳台的门口。就这样，他把我扔进了夜里——寒夜里，偏好戏剧场面的记忆这样说——然后把我关在了外边，关在了玻璃门后面，那扇有我两倍大、有我两倍年岁的高大玻璃门后面。这时寒冷和暴怒让我战栗，用形容词大骂一通，我的怒火直接有力、不管不顾，但没让我满意，没驱散寒冷，没平息愤怒。明智点的话，我也不知道会做什么，但不会去踹门。我想不起当时的画面，那一大块玻璃在漫长的一秒里碎裂，气派的门扉化为玻璃碴拼成的地毯，我也想不出哥哥看到那不可思议的一幕时惊恐或呆滞的脸。但那时的巨响我没忘记，那声音没放过我，玻璃撞击地面时不绝的脆响如同刺耳的歌声，比动词更响亮，比行动更绵长。

我跑开了，一定是跑开了，关进了自己的房间。我记起那时双眼化成了泪水，可能这样我才摆脱了那个画面，哥哥在碎成碴的玻璃门另一边的画面。我不怕他宣布的惩罚，不觉得母亲会杀了我。我已经哭成那样，哭得像个久违的小孩，自觉罚自己闭门不出，她一定不会再加惩处，看到我痛苦地离开，她一定会因此宽宥我。

我记得她进了门，坐在床上，在我身旁，姿态并不强硬。她可能说了些显而易见的事——说我做错了，说我闯了大祸，说没人受伤是运气好，说她很失望——但我怀疑她没说得多重，没摆该有的架子，絮絮叨叨地不是要指责或教育我，而是为了陪着我，缓解我的无助。这部分的记忆很模糊，似乎不该说她叫我尊重哥哥的地位、他和朋友的关系、他的隐私。似乎不该谴责她出尔反尔，多年后她无数次求我去找他，求我打破他的闭门不出，最终侵入他封闭自己的空间。不，不是因为她的请求，我才把自己封闭在我的空间，在其中养成了一套习惯，习惯了他的缺席、他的远离。不是因为她的请求，我才不再像从前那样回那间屋子,不再轻快地穿过走廊,而是以不会被注意到的郑重姿态敲响房门,拘谨而无言地询问能否进入。

16

九点,他们在桌前就座。饥肠辘辘、餐食丰盛,但他们似乎不得不尽可能地拖延时间,不去消除饥饱之间的空隙,不去饱餐,毕竟填了肚子就是认了输。此刻没什么香味能俘获味觉,下意识的吞咽制造不出快感。盘子还摞在碗橱,餐具码得整齐,各式烧烤徒劳地保着温,四只手臂垂在身侧,指尖无力地指向地板。本该是场欢宴,两人怨道。本该是熟络、热闹的聚会,欢闹、畅饮的场合,本该全力说废话、全力大笑,尽情说着醉话,展开没结果的辩论。本该是场欢宴,而不只是满足基本的生存需要。

没人出现,没有来客,没人打过招呼。等他们敲门已经没了盼头,两人仍不说话坐在那里,不安的双眼询问墙壁,询问自己的鞋。为什么都抛弃了他们?是谁制止或阻拦了他们的脚步?会是事先计划好了集体爽约吗?参加聚会的本该是她的同事,医院里的同事,她刚在那儿担任了很高的职位,那些同事她每天都见面,一起喝着咖啡穿过走廊,一起不慌不忙地探讨重症病例,冷静地讨论那个组织曾经的变革——至少是在办公室里,那段时间明明更糟。一直以来的同事、平日斗争中的同伴,为什么消失了,为什么这时沉默了?

没人会说出口,但很明显,他们觉得这个家很危险。集会确实不被允许,所有颠覆性质的会面都被禁止,但简单的聚餐怎么能这样认定?生活遭禁,家门被破,友情被废止,已经到这种地步了吗?不错,因为其他人、他们身边的所有人既然都这么觉得,既然果真把他们家当雷区,怎么能什么都不说,怎么能不提醒他们注意正面临的风险?这个时候沉默,沉默着爽约,沉默着消失,这个时候沉默难道不就是背叛?两人没指责,也没说话，仍坐在那里，无视了饥饿，否定了盟友，他们的脆弱从未如此外显，窗子从未如此不牢固，墙壁从未如此不堪一击。

那一晚没留下记录，两人都没起身去取相机，都不会有再回想的兴致。然而，出于某种原因，我得知时，那一幕几乎是定格的画面，无尽的时间中捕捉到的一毫秒，父亲母亲被扭了肩膀，伏在桌边，冒着热气的食物还没动过。我知道这是我戏剧化了的，我知道我夸大了事情的沉重，他们的叙述中从没有这样的沉重。但我想我把沉重戏剧化是因为我能感受到，因为我某种意义上理解了，或说我相信我理解了。我熟知聚餐不成的失落。我可能熟知不能占有自己的空间时活跃的不安。尽管不是亲身经历，我熟知家被侵占的感受。

我所不熟知、不理解的，是那晚其他被取消的聚餐中的痛苦，其他缄口不言、其他无视饥饿、其他不休询问中的痛苦。其他垂在身侧的胳膊，指尖比我父母的更无力、更低地指向地板。我无法设想对生命的消除如何被开发到极致，生命这一空隙如何被系统地摧毁，如何被转化为刑具。我的言语越发抽象，因为我无法想象那不可言说的情境,其中沉默不是背叛而是抵抗,是誓约和友情的究极证明。沉默是为了救下对方:沉默着牺牲。也许父亲母亲走出了那晚,但疑问没离他们而去。一直以来的同事、平日斗争中的同伴,为什么消失了,为什么这时沉默了?

17

在我所生活的世界，街道已不宜久留，尽管占据街道是出于必要，那些人也从没有真正的安宁。在我所生活的世界，街道上盘踞着未知、威胁、危险，想自保的人会回家，躲进房间闭门不出，缩进自己的领地。在父亲母亲曾生活的世界，在那个世界，这不可理喻的规律也颠倒了，颠倒的肮脏更加肮脏。那时自保意味着离家，尽可能久地待在街上。在我的父母曾生活的世界，家已不宜久留。

十月的一个上午，父亲撞见了恐怖，或者说恐怖的踪迹，就在他的诊室。推开被撬毁的门，迎面就是一片狼藉，文件散了，东西摔了，玻璃碎了，熟悉的日常景象整个成了毫无生气的坟场。诊室并非仅仅遭遇了入侵、搜查，而是被严格地摧毁、细致地折磨，要查出他的同谋。父亲不假思索地救下了几样物件，其中有一样抵抗了数十年的时间和累次移居的变迁，是那个遭遇亵渎之地仅有的遗迹：一小尊佛像，曾终日高举双臂托着他的书，如今再也无法施展这份勇力。佛像摔在地上，手足尽碎，此时只是块无用的石头，但仍维持着标志性的舒展笑容。

我不知道随后数月里父亲的笑容是什么样子，那几个月里恐惧驱使他远离诊室，谨慎将他赶出了家门。他的日常生活变成了不休的游荡，在借来的各个诊室里躲避威胁，在各处酒馆与其他抗争分子会面，在家里的其他住处、在朋友的公寓、在出租屋里拖延未知之事的到来。他时常用假名藏身于廉价旅馆，那个时候活着就是忍受被迫与他所珍视的、属于他的一切告别。那些夜里，他借阅读和写作熬着钟点，可能也确实乐于思考那些事，思考境况之悲哀、改变之迫切。但是，当困意终于放倒了他，当经久的失眠只给了他麻木的消沉，活着仍意味着习惯失去、习惯袖手旁观。

那一年快结束时,迎来了他们的儿子,那个后来成为他们的儿子、我的哥哥的男孩,这迫使他不顾危险回了家,重拾旧日的亲近,重回曾被撬毁的生活。带个孩子生活要求他始终在场,在家里,在伸手能够到孩子的地方,结实的双臂要能护住他。带个孩子生活也重新允许亲近的人踏足他们的私人空间,现在这个空间开放给了想来看看孩子的人,想来抱抱孩子、感受自己的双臂重获完整的人。很多人想来,很多人敲门,很多人能感受到当下也由其反面、肮脏的另一面构成,也有许多不期之事出现。

在那栋楼里,这些动静并非无人察觉,一些职员前往探听。一天,父亲抱着孩子出门,门卫警惕又好奇地靠上去,狐疑地观察他的神情,又去审视孤僻的男人消失多日后凭空出现的男孩的脸。在两人的蓝眼睛之间,他一定瞧出了真切的相似,因为他的点评来自下流不堪的心领神会,伴着几近滑稽的挤眉弄眼:"夫人真是位圣人![1]"

---

[1] 此字体表示原文为西班牙语。——译注。下同。

那天晚上，那佛像都不比父亲笑得舒展。父亲和母亲睡在一张床上，共有婴儿的啼哭唤起的幸福的失眠，第一次发出后来用在笑话上的笑声，用那笑声抚慰了五脏六腑，为身体带来前所未有的活力，仍完好的四肢也第一次喜得放松。

18

我在找那间公寓,父亲母亲生活过的那间。我在找那间公寓,尽管清楚不能进去。我在胡宁街和佩尼亚街的交叉口,"胡宁和佩尼亚"就是他们提起这地方时的称呼,也是他们的口述中那个家的名字。路口有两座几乎相同的建筑,都显出规整的立面、古旧的大门、灰尘盘踞而几乎是灰色的墙。我一时苦恼起来,脚下踌躇,拿不准主意,双手攥起拳头。我知道的全都不清不楚,我不知道该按哪栋楼的门铃。

但我僵硬的指尖按上第一个门铃时,一切苦恼都不见了。

无所谓操纵着我,胸腔里一阵麻木;我已经不在乎是不是这栋楼,这是不是我要的真相,是不是在这里我的父母被追踪、我的哥哥度过了他最初的日子,或者说他生命里我正遥遥追踪的头几个月。既然我觉得这么无所谓,既然我不很明白自己的期待,为什么我不收回我这副几乎破碎的身体,立刻离开?为什么我反而渴望那应答时不掩厌烦的机械声,渴望随后门卫迟疑的催促、机械的"嗯"?

不,我对他说,犹豫着。我这会儿谁也不找,只有几个问题要问,要是您允许的话。我立刻后悔没说清楚,后悔在顺从和探询的语调间犹豫不决。他迟缓地上前接待,我在他脸上看到了与嗓音和脚步同样的疲惫,还有皱纹,不能归咎于往日的笑容,仅仅勾勒出多年的怠懒。我来找很久以前住在这里的一对夫妇,我推翻了自己的话,尝试描述那对夫妻,却意识到我说不出什么具体的要素、标志性的特征,只有一些抽象、零散的概念。我解释说,他们和一个婴儿住在一起,那时还是一九七〇年代,然后他们不得不突然离开,您一定知道怎么回事。我解释着,试图填补他拉长的沉默,说我想看看他们匆忙舍弃了的地方，也许这样能了解曾经的他们，更理解他们，更接近他们。

他没让我进门，仍十分不相信，或者说那时我在他脸上看到的不是不相信而是不理解，还有明晃晃的漠不关心。"但您不知道他们的名字吗"，他想知道，我差点笑出来，意识到我过分偏离了正常的对话，不剩一分理智，到了没法把话说清的地步。我知道的，我叹口气说，表现出我的沮丧，他们是我父母，那个婴儿是我哥哥，我知道他们在哪儿，他们没失踪。我只是想看看他们生活过的公寓，因为我在写一本相关的书，说到这里我的声音带上了庄重和我想遮掩的不应有的骄傲，一本关于那个孩子也就是我哥哥、关于童年生活和伤痛的书，也是关于迫害和抵抗，关于恐怖、痛苦和失踪的书。

我第一次得到了门卫的回应，他迟钝的脸第一次扭动起来，那神情出人意料，直到翻译成脱口而出的不屑，我才得以辨认。"啊，一件烂事，七十年代的烂事，"他边说边动作，敞开大门，引我看前厅，手臂用力地大幅度比画，"过来，你来，这儿有你要的东西。"但我没动，在那扇古旧的大门前、那些灰扑扑的墙壁前驻足,再不知道该说什么。胸腔里的麻木扩散开来,统摄了我的双脚、双手,直至指尖。这是我所得的完整,我的整个身体成为麻木本身。

19

分娩的过程我编造不出，对于分娩我一无所知。现在，已经写了这么多页，我在想本该忠实于冲动，略去那些想象出的粗糙场景，本该向犹豫让步，不提这件没法把握的事。并非如此，哥哥的出生无法可讲。白色房间或压抑的走廊，靴子踏在台阶上或训练有素的手翻检的声音，够了，到此为止吧，都是些经不起推敲的故事，歪曲事实而已。让那女人冲动中伸出的双臂垂下吧，那女人和她的毁灭，都与我贫瘠头脑中的期望全然相反。也忽略那男孩吧，那男孩和他的无助，那男孩和他的得救，那时的男孩也不是我哥哥。分娩的过程我编造不出，再说一遍，分娩的一切都不为人知。

哥哥出生在分娩两天后，布宜诺斯艾利斯近郊一处偏远的房屋，里面陈设简单，墙皮剥落，窗子紧闭——这是我的推测。父亲和母亲忧心忡忡地赶去，在无人的街道穿行，险些迷路。他们争论着路线，但其中敌意言不由衷，自发制造的紧张驱散了忧虑。电话是前一天上午接到的：他们接诊过的三个女人里有位做中介的助产士，此时手上有个去向未明的孩子，是个男孩，来到人世的钟点尚能用自己幼嫩的手指数尽——那助产士也在原则和情感间不断摇摆。原先订下那孩子的另一对夫妇联系不上，要紧的是在圣诞节前给他找个去处。远远地，透过助产士的嗓音和线路的杂音，能听到有孩子在哭，尖锐的哭声划破了那个上午。母亲回忆这个细节时的确触动了我，仿佛那哭声是他们的第一次交谈，是泪水和沉默间的对话，仿佛空间就这样被洞穿，她紧紧抱住他的时刻提前到来。

至于她紧紧抱住他的时刻，我不愿侵入那份亲昵，不愿揣测那时的笑容是否彻底消除了一路上的紧张、累日的忧虑。现在我要放下这个女人和新生的男孩。我相信，随他们去，她可能会成为他的母亲、后来的我的母亲，他可能会成为她的儿子、后来的我的哥哥。我也要忘记那个男人，他曾有些怯懦，却只用两手就托起了那男孩的幼年、那尚未长成的脆弱身躯。此时，在小心隐藏的淡漠中、在他几十年后才承认的轻微迟钝中，他还不可能成为父亲。

我要放下这一家，让他们慢慢组建。

20

我放下了那一家,转向下一间屋子,转向下一刻,转向当时当地的僵局。准确知晓孩子的出身不是个好办法,那助产士坚持道,很多书支持这个观点,我父母烂熟于心。风险是家里会形成负担,形成对信息的过度渴求。姓名、处境会滋养过多的猜测、徒增难过的将心比心,容易养成怜悯的陋习。按助产士的说法,或据那些书表明,弃养可能是痛苦的行为、艰难的牺牲,但有多少艰难的牺牲不曾把原因尘封?为了让他们更清楚地理解她的话,也是向夫妇二人的私心稍稍让步,她挑拣着讲了最简要的一版故事中的情节,那是父亲母亲唯一得知的有关这个横空出世的孩子的说法,是我们唯一能听到的有关哥哥的出身的说法。

生下他的是个意大利小姑娘,那助产士这样说,没在意用词有失精确,她全神贯注的听众不会忽视其中的两重歧义。意大利是国籍还是祖籍?至于这个别扭的"小",是说孕妇的年纪还是体格?都无所谓,助产士辩称,或者说我的父母都不能知晓。生下他的是个没想过怀孕的意大利小姑娘,她的伴侣早早消失,没什么仪式,也没打算负责。被那男人拒绝之后,女孩遭受了又一次拒绝,这回来自容不下她的天主教家庭。就是这样,生下那男孩后,她决定交给别人:她的牺牲是出于对孤独的恐惧。

我不知道我的父母是怎样离开了那栋房子,不知道是否有某种负担拖慢了他们的脚步,是否有某种原始的怜悯。我只知道我只能随他们那辆车返回,回到我哥哥身边,不能在那个偏僻街区的街道上徘徊,寻找那个意大利小姑娘,寻找她的孤独、她的痛苦。车里除了释然和愉悦,会不会也有痛苦呢,还是只

| 抗拒 |

有缄默的犹豫？母亲没说什么，未来许多年都将缄口，但事实是她已经后悔知道得太多，担心那小姑娘在下个转角、下个路口现身，势不可挡的拳头砸向车窗。父亲轻踩着油门，阅读出现的每个路牌，是接着驶向中心还是重返郊区，那么多可行的道路，那么多困惑。意大利小姑娘是谁，不值得追究吗？那段过分简略的叙述里能信几分？那男孩会有多想知道呢，到了两只手托不起他的时候，他的"想知道"里有多少理所应当，他有多少设问的权利？

我随他们的车返回，同样沉默不语，不知道怎么回应这些问题。随后几天，我跟着他们，在我没走进的那间公寓，试图用他们那全神贯注的目光观察那男孩，在他脸上寻找会指代他的那个名字的模糊形迹。我同样有这份忧虑：他们过了这么多天还没给他起名，我写了这么多页还没给他起名，在这本书里我不会提他的名字。随后多年我都跟着他们，尽管时间和空间此时（或者说仍旧）拉开了我们的距离。我就像佛罗伦萨某座博物馆里的他们，在菲利普·利皮的画里，在每个由某个意大利小姑娘孕育的浅色眼眸的天使身上，认出或想要认出哥哥的脸——尽管我不确定,也可能永远不能了解,这个天使意味着怎样的魔鬼。

母亲极尽谨慎地往抽屉里放纸片时,我也在她身边。那张残破的旧纸片上,用她的字迹写着那助产士的名字和电话号码——再过很久,父亲母亲才会发现端倪,那个名字和哥哥常用的简称相同。和母亲一样,我不敢拨出这个从前的号码,也听不到那条自动语音中显而易见的误会,用户并不存在。我始终清楚这些全与我无关,或者说我确信我始终清楚,但我没有忘记,有张纸在抽屉里放着。

21

有张哥哥的照片,是他人生最初的几天或几个月,最初的时光。他的母亲,后来成为我母亲的女人,稳稳地把他抱在胸前,在我看来,她全情投入于以具体可感的方式接手他的存在,欣赏他在这张照片也即世界的中心、在她肩肘之间框出的菱形中心的模样。我觉得她在努力熟悉他,像所有母亲一样,每当孩子在自己眼前,每当看向他,都努力熟悉他,不论他有几天、几月、几岁。尽管不该,我问自己,她是否会有缺憾,为不曾怀他于腹中,为错失了的九个月,为不曾在五脏六腑间感受过他的心跳、他的餍足与饥饿、清醒与睡梦、四肢的蜷缩与舒展。这个孩子已有过无数至少是感官上的经历，却并不为她所知，但难道不是每位母亲都这样吗，面对那另一个生命、那个并非己身的身体内部的种种历程，永远缺乏了解，永远身处边缘？

我显然分辨不出这个女人、这个并非我身的身体的想法或感受。我只是看着她，努力了解她，我封闭自己、沉溺幻想时错失了太多年。我在照片上看不到她的眼睛，她的眼睛被头发遮住。所以，是她的笑容望向了他，望向她肩肘之间框出的菱形的中心，望向我的哥哥，那个非我的生命。

但哥哥没望向她。看得出他正奋力向后转头，目光避开了她的眼睛或笑容。我看得到他的眼睛：专注得惊人。我问自己，他会想要看什么，他越过自己的肩膀，探出他母亲将他圈起的菱形怀抱，是在寻找什么。哥哥表现出的这份兴致有些怪异，他少有好奇的时候。尽管不该，我问自己，曾栖身在另一人的身体、那不在我眼前的照片上的身体的那九个月，会在他的身体或头脑中留下怎样的模糊印记？印记和兴致会在这一瞬间全然消散吗？如果就此消散，在他身上已不复存在的话，又在他这副新生的身体上形成了怎样无法言说的缺席，与那曾属于他的另一副身体之间、与那由血肉和体温构成的第一个家之间，又有着怎样的距离？

我知道，这都是些无意义的问题，照片里或明或暗地指出的没来由的问题。照片不说话，我才迫使自己讲述，执着于解读其中的雄辩、领会幽微的裁断。直到我不再看向他们，直到我合起相册，将它插进高处那层我指尖将将能够到的书架，我才终于理解那些照片的沉默里有多少谎言。

22

从父母那里,我知道了每个症状都是一种征兆。我知道了身体常常呐喊,与理性对抗,与紧绷的声带、僵硬的舌头对抗。我知道了呐喊的身体比理性更接近实质,因为身体更迫切,没理由克制,也没时间撒谎。然而,我是靠理性知道了这些,那以后我在感受上的失败显而易见,那以后身体的每一声呐喊都只让我困惑。

我在想,哥哥开始拒绝父母给的牛奶时,他们会是什么感受。他刚生下来肯定没有母乳喂,母亲的身体不允许,他的愿望得不到满足——双唇的热望、舌尖的渴念。第一次把他紧抱在怀中那一刻将意味着无法逾越的距离,肌肤与肌肤被衣物阻隔,母亲用手塞进一只塑料奶嘴,橡胶在他嘴里有些冰冷,与她的身体截然不同,是入侵他的异物。即便如此,他勤恳地吮吸了数日,尽了长身体的本分,热诚地践行了生命的理性。

说他开始拒绝牛奶并不准确。他如往常般窝在柔软的怀抱里,噘起嘴表达他的愿望,尚不灵巧的手指抓弄那块塑料,双眼乞求她的双眼。他干脆地吸光牛奶,这时拒绝才出现,不明的缘由这时才见了效:牛奶全都喷涌而出,像另一副躯体、如毒液般从他的身体吐出,像一个微小的生命体挣扎着呼吸时的爆发,如同一场新生。这情形反复上演,越发令人绝望,助长着男孩的饥饿、他对奶水的渴望、试图喂养他的人的痛苦,也许还有受创的悲伤。

在生命的第四十天,哥哥终于接受了手术,循环随之终止。幽门狭窄,诊断结果这么说,肠道入口处过窄,阻止食物通过,引发胃部收缩和剧烈呕吐。我读着医生应该说过的话,想象着父母的欣慰,因为这事恰好显而易见,症状突出,不必多作解释：先天的发育问题，很简单。

我想象着父亲在医院的样子，像他多次讲述的那样，在哥哥的婴儿床前弯腰，凝视他的脸，怜惜他的痛苦。那孩子羸弱的身躯背负了太多的饥饿，饥饿太多他却不能进食。那幼小身躯的饥饿必定是一种痛苦，成年人每天为食物工作，定时定量地用餐，严格遵守进食的规律，才避免同样的痛苦。术前几小时，他们给了他最小号的奶瓶，让他在可行时喂给婴儿。里面的奶太少，他几乎要推翻这场治疗，思索其中的阴谋，以为他们想把孩子饿死，也许出于偏见，也许是不认可他们这样的家庭。但他克制住了，尽心尽力地投入了任务。当一滴奶都不剩下，当幼儿娇小的指甲抓上他的手指，当蓝眼睛乞求另一双蓝眼睛，几乎混为一体，再也分辨不出归属，他终于知道那个生命是他的骨血，终于知道那是他的儿子。

如果哪天哥哥没有了脸，我也还能从那次手术留下的疤痕认出他，非常清楚地知道那是我的哥哥。我见过无数次他胸口上的疤，那条疤痕远比该有的要长，多年光景本该已将其祛除，把有关创口的记忆缩减为不起眼的片段，但却加重了伤疤。每道伤疤都是一种征兆吗？我不禁问自己。每道伤疤都呐喊，或者不过是呐喊的记忆、在时间中沉默了的呐喊吗？那道伤疤，我见了太多次，轻易就能认出，但说不出它在喊什么，或沉默着什么。

23

今天我梦到了哥哥的死。说是今天,是为了确定一个时刻,把自己抽离。我刚刚才梦到哥哥的死,尚能感到梦的余韵占据着心神,因此在匆匆写下这些话时仍未走出难过。

快要到他门口时,我看到门开着,只是看到门开着,就认定了他不在。我不敢进去,但没退后,我大声喊姐姐但她没应,喊哥哥那个朋友,从前那晚在他房间的朋友,他搪塞着不理我。我从门口探头,望见哥哥整理好的床铺,垂下的被单像裹尸布一样。垂下的被单像块裹尸布可能是我此刻的想象:正是在铺好的床上发现了他的死亡。

紧攥的双拳让我意识到自己有多愤怒——扣在掌心的指尖带来的是愤怒，而非痛苦。愤怒于我没找到的某种缘由，愤怒于自己不曾察觉，愤怒于母亲不曾告知，愤怒于不期的发现让我身陷惊恐，惊恐来自任何言语都不曾能够把握的缺失。我躺在床上等她过来，躺在哥哥留下的空床上，在充当他的裹尸布的被单上面。很快就不是痛苦也不再是愤怒，很快愤怒就变成了悲伤，我大哭，但我摸上自己的脸却不觉得湿润——我干涸的双眼表达不出愤怒、痛苦或悲伤。

贯穿这个梦的是一个自私的念头——此时看来，不止一个自私的念头。我试图杜撰他最后数小时的生命，企盼他未曾察觉迫近的死亡，不能有哪怕一刻感伤、哪怕寻常的临终回想，否则我将永不能从他的回想解脱。梦里我差不多一个月没和他说话，什么都没说；现在我差不多一个月没和他说话，什么都没说。因此我在梦中企盼他死前没能评判我，没能知道我是个多差劲的弟弟，没能察觉我多彻底地抛弃了他。

后来，我还在他床上躺着的时候，这本书让我不安。他既已不在，这本书出于某种原因就不再有意义，我就得抛弃它，就得把这些尚无定论的纸页全撕掉，扔进某条河清澈的水里，投进火势正盛的炉灶里——寻常的场面就够了。仿佛这本书是给他的长信，他永远不会读的信（如果这本书是给他的长信，我现在想的是，我必须写得更好些，必须让它更真挚、更动人）。但这本书不是给他的长信，梦里我接着想下去，身体还躺在床上，不知醒着还是睡着。然后我又嚷嚷起来，跟没人愿意听的车轱辘话似的，说我必须讲他的故事，说他的故事虽已终结，但必须留存。

最终的情感是自由和待履行的责任的混合，触动我时，我应该已经躺在自己的床上，拳头已经松开：如果说他的故事必须留存，如果我现在可以讲述此前出于尊重删减了的个中细节，那么我就得谈论他和食物间别扭的关系，就得讲述他曾如何抛弃自己的身体，如何拒绝进食，如何在最后的日子里衰弱下去。

24

　　他没衰弱下去，那不是他最后的日子。然而，他不在场时，我们的交谈中常有类似的沉重。那时他把自己关在房间里，拒绝我们的每一声呼唤，甚至拒绝我们送上门的餐食，我们便放弃了，没再跟他对峙。他瘦得过头，我们这样认为或者说担心，四个人围坐在桌边，用绝望的言语遮掩他的缺席。

　　他瘦得过头，那种消瘦没什么深意，背后没有故事，也没有明确的原因。我们徒劳地拷问记忆，试图从中找到迹象或讯号，能勾勒如此缓慢、如此难以察觉的过程。从哪一天起，他对同坐一张饭桌的抗拒变成了对食物的拒斥？从哪一天起，他已不再想保持强壮、有力、体面，滋养他向来标志性的活力？在哪一刻，他放弃了锻炼，放下一切运动爱好，只做旁观的看客？在哪个无从追溯的早晨，他醒来，决心彻底克制食欲，只练习这种克制，审慎地在最低限度上锤炼体魄？

我们显然言过其实了，正如我此刻仍言过其实，心里明白言语会歪曲，提问也都是断言。我不想、不能把哥哥变成饥饿的大师。我不想描述苍白的脸或截断了伤疤的突出的肋骨，跟为了写新书随手创造一个人物似的，就为了多一场骇人或悲伤的表演。我不想、不能用这几行字做栅栏，把哥哥困在兽笼里展出，去博得满怀期待的观众的赞叹，去滋养他们的怜悯，助长他们的奉献之心。

在饭桌上谈论哥哥的艰难处境时，也许我们所作所为正是如此——艰难处境，我们这样定义，不是说消瘦，而是那个变得无法接近的男孩身上沉沉的死气。我们当然痛苦，父母脸上的忧愁清清楚楚——那种忧愁，姐姐已经学会了表达，可能也投射在我少年或成年了的脸上，可能我也有所感受。但我怀疑我们不能真正发现一种方式，去到他身边，去拥住他纤瘦的肩膀，手掌搭在他脖子上，亲昵、小心地用手指指引下一步的方向，带他走出房间，走进生活。我担心我们只顾观看，只考虑显而易见的事，纠结莫名其妙的问题。我怀疑，当我们把他独自留在房间，面对引人分心的屏幕，我担心我们不过是痴迷某项运动的看客，痴迷于又一场展示同情的表演。

既然禁用了各式概念，掐断了种种思索，那该怎样才能真正触及他的难处，才能写出其中的复杂纠缠？有一次，我听学校里一位探讨文学的女老师岔开话题，说有一种与收养关系的冲突表现为进食障碍——很多时候，对被收养的孩子来说，进食是填补自己，增重是占据在家中、在家庭中的位置，单纯的渴望就这样转化为膨胀的饥饿。我想到了哥哥，当然我想到了哥哥和他那突兀的反转可能的意味，但是，到了家，我克制住了向父母述说的冲动。投入一场我可以预想的对话毫无益处：我们会一起逐字逐句地驳斥这个解释的简单、机械、笼统。我们会一起反复强调被收养的孩子不能被简化为这个原始的特征，不能变成徒留形式的人物。我不知道为什么在这些书页里我没咽下那天咽下了的话。我想我们那时是对的，我想我现在错了。

25

但有些悲伤不向议论退让，有些痛苦没有言过其实。有些故事并非在餐桌上、在杯盏之间、在闲言碎语中杜撰而来，拒绝轻佻的接近，不适用通俗的解读、日常的语句。有些事不在记忆的表层栖身，但不任人遗忘，不任人抑止。一份痛苦的空间容得下一切遗忘，有句诗这样吟咏这些缥缈之事，但诗歌并不总是对的。有时，一份痛苦的空间只能容下沉默。不是由言语的缺失构成的沉默；沉默是缺失本身。

我不记得第一次听到玛尔塔·布雷娅的名字是什么时候。

可能是我没能意识到这个名字承载的重量,没能早早懂得它代表什么。一段时间里,这只是个久远的名字,属于母亲的一个朋友,不怎么登门、没来由地疏远了她的女性朋友。直到姐姐一次偶然的议论,当然,语调深沉,我才发现她不像别的女性朋友,疏远于时间、流徙或日渐稀疏的往来信件,以至再没有联络。我朦胧地意识到那位朋友没有来信,从未有信来,名字上盖着红戳:玛尔塔·布雷娅,失踪。

她曾是母亲在拉努斯的医院同事,那所医院让许多人自豪,是阿根廷反疯人院斗争中的孤军,是两人热切投身的那场斗争的实践地和象征。一年前,精神病院的院长被调离,调令隐秘又专断,医院内部选中母亲接任他的职务,同时玛尔塔将负责青少年部门。在这一年,两人各自释放的好感终于结成友谊。她们在去往拉努斯的漫漫长路中同行,又结伴而回,互相倾诉的心里话在别的时代稀松平常,此时却让她们惺惺相惜。哥哥出生的故事里有她的名字,是玛尔塔第一个登门探望他。

母亲最后一次听到她的名字,是在一次理事会议上。他们正讨论一些琐事,几分钟后会议被打断,有人来叫她立刻去看诊，她异常尖锐的喊叫穿透了走廊，刺破了墙壁，冲击着在等她返回的人的鼓膜和记忆。母亲冲到医院门口，尚能目睹他们推搡她、把她塞进一辆没牌的车里时的粗暴，那辆车突然的、怪异的离开在她眼前无数次重现。可能是我们头脑中画面的容量有限：得知每一例失踪、每一例拘禁时，母亲都会看到，或以为看到、声称看到那同一辆车猛冲向前，在第一个转角消失，马路上留下轮胎的痕迹。

不知道多少小时以后，母亲坐在布雷娅家的大厅，贵族气派的、极尽奢华的大厅，向玛尔塔的姐姐表示她的担忧，求她想想办法，做点什么，却听到她从未想过的答复：她招惹了不该招惹的人，碰了不该碰的人，现在该接受应得的惩罚了。我只担心父亲会悲伤，会对那个受过良好教育的女儿失望，他助长了那女孩天生的、几乎令人意外的胆大妄为。母亲只能咽下痛苦，替朋友存下那份额外的伤痛。

不知道多少天以后，她在警署大厅，求助警署的长官，也是她姐夫的老朋友、我的恩特雷里奥斯省姨父的童年玩伴。那男人微笑着，举止有度，面色亲和，微笑着试图安抚她，让她放心，他即刻就能查明。再回来时，他换了张冷硬的臭脸，嗓音低沉：您和这个叫玛尔塔的女人是什么关系？您和她有多亲密？经常和她接触差不多同一群人吗？留意到他的转变，母亲被迫咽下了友谊，只提工作关系，她是作为医院的院长关心同事而来。那么我建议您，男人已经把她推出门外，忘记她的名字，什么也别再问。

母亲没忘记她的名字。她从未忘记她的名字，尽管很快流放就拉长了距离，尽管没过几个月，曲折的边界线就将她们分隔。母亲没接受她的离去，不放过她听到的任何一条模糊的消息，比如一个曾和玛尔塔同在一个监室、赞扬她的勇气和公心的女人，一个曾存在着的、活着的、有过回应的女人。母亲不停地提问，但沉默逐渐比言语多见，那份缺失渐渐占据了朋友曾占据的空间，夺去了她的名字，让她的印迹变形，成了记忆。

直到三十四年后，母亲收到了那封信，信里玛尔塔·布雷娅变成了玛尔妲·玛丽娅·布雷娅，独裁政府恐怖主义活动受害者，青年心理学家，目前遗骸已确认，证实其遇害时间为一九七七年六月一日,从医院被掳走后六十天,直到收到了那封信,母亲才能够清理心中那件事已钙化的遗迹,终于能触碰、挪动,把遗迹的沉默、变形了的印迹写进她的致辞。从那篇讲稿中我了解了此前缺失的故事,也了解到更多:数十年间母亲所经受的隐抑的哀恸,那场未完成的死亡在她的现实中不寻常的意义。我在那篇讲稿中了解到更多:一个杀人的政权的残暴,不仅杀人,还摧毁那些直接受害者身边的人,其他被无视的受害者、被禁止的哀恸、不被讲述的故事不可尽数——一个将遇害者的死亡一并掠杀的政权的残暴。

我不认识玛尔塔·布雷娅,她的缺失并不寓于我身。但她的缺失曾寓于我家中,仍寓于其他无数个被无视的家庭——许多个玛尔塔的缺失,她们未被发现的遗骨、变了形的印迹、沉默的遗迹各不相同。她们处处不同,相同的只有不退让的悲伤、不是在餐桌上杜撰出的议论、不声张的痛苦。玛尔塔·布雷娅,这个名字在我们家的意思是屠杀,又一场屠杀,许多场屠杀,无比熟悉,无比迫近。

26

必须学会抵抗。不是去,也不是留,而是学会抵抗。我想起父亲不会想过的这几句话,那个年代没被写出的话,他们说不出的话。我想起父亲能出席的最后一次秘密会议,他在激愤的同僚中沉默,在喧嚷外游离。抵抗:抵抗中有多少是无畏地接受不幸,向日常的摧毁妥协,承受亲友的摧折?抵抗就是站着忍受他人倒下吗,要到何时,到自己也折断了双腿吗?抵抗就是即便必然失败也去斗争,即便声嘶也去呼喊,即便力竭也去行动吗?必须学会抵抗,但抵抗绝不是投身某种既定的命运,绝不是屈从某种无法避免的未来。学会抵抗，其中有多少不是学会向自己提问呢？

在激愤的同僚中沉默着，在喧嚷外游离着，父亲沉浸于自己的思索。他心里没有对口头争执的向往，没有给怒火和勇气的空间。此时此刻，那些乌托邦蓝图哪儿去了？那些意识形态考量哪儿去了？在琐细的伤痛中、在统计减员人数时，不见了多少重要的论争？怎么会没人发觉他们已经不再针对深受损害的新社会讨论新的策略，怎么会没人发觉那里已经沦为治疗失败的诊所？他们怎么会没发现，在那些痛苦的集会上，政治渐渐不过是濒死的呼号？

不去，不留，学会抵抗，思考如此提议，但眼睛背叛了他，在钟与门之间逡巡。无论激愤或游离，所有人都担心同样的威胁：在他们围成的那个大圈上，在从紧闭的窗子散射出的光线下，只空着一把椅子。时间流逝，指针脚步匆匆，召集会议的人却没到场，没和他们一起，没给那天带回哪怕一丁点安宁。父亲死死盯着转动的指针，恐惧随之补足那个不完整的圆环，每过五分钟就多一张脸染上阴影，一小时后房间已被攻占。那么,那个叫他们来的,应该已经被抓走了吧?如果是这样,此刻他是否已向军政府投降,他们能坐在那儿等到何时,这样心不在焉,无视虎视眈眈的灾厄?应在何时启动那场拖延许久但已被击溃的行动?

学会抵抗,没错,沉浸于思索中时,父亲也许想过。但摆在眼前的是更迫切的问题:去还是留?

27

你们一定得走,他果断道,语气急切得像在传达强烈的警告,坚定得像要隐藏某种脆弱。说这话的人洞悉世事,见识过世界摘下面具后的丑恶嘴脸,体会过世界嵌在松软血肉中的冷硬,这些树立了他的权威。说这话的是巴伦廷·巴伦布里特,精神病学家,母亲接下的正是他在医院的领导权,那之后一年,他被无理由逮捕,失踪了一个多月,杳无音信,直到这次叫他们见面。男人极郑重地与他们对视,瘦削、苍白,双手颤抖,嘴唇发白。你们一定得走,要轮到你们了,这是他的原话,紧张气氛利刃般劈开黎明虚伪的宁静。

于是，在料想外的时刻，在某人未能遏止的急切话音里，在简洁明了的两句话间，数月来屡屡惊扰他们的种种困惑达到顶点，一切犹豫、一切难以言明的探问就此了结。已经没有留下的选项，难道因为这城市属于他们而非那些刽子手，还是因为生活发生在那些街道又在那些广场上变成历史，此时留下怎么说都不明智。他们该做的是离开，家都不要回。离开，就他们两人和那男孩，就他们三人和口袋里的东西、身上的衣服、一个装着灌满了的奶瓶和一沓尿布的背包。离开然后忘记这场溃败，离开然后逃离这个烂摊子，留住他们每天都被剥夺的日常生活的残余，不论多寡。离开，也保住刚萌生的另一条生命，保护他们怀里裹着的男孩，保住他们的儿子，母亲这样想着，穿越死寂中的城市，鞋子拍在路面上的声响节奏稳定地切割着寂静。

第二天早上，他们已经在姨父的车上。倚仗着他们广泛的交际、已买下的两张机票，买票纯粹是障眼法，用来误导打算蹲守他们的人。还有行李架上的两个箱子，姨母往里头塞满了从那间被弃置的公寓里收拾来的东西。我对那趟远行所知不多，忘记了其中的一些事,不知道他们谈了些什么——我不知道那一趟是忧郁还是绝望,还是已经预示一段更宁静的时光,预示巴西将给予他们的庇护,即使他们甚至没打算留下。我想象着汽车驰骋在洒满阳光的平原,仿佛我的目光拉远,从高处俯瞰,一片好景,有车疾驰而过。我因此醒了神,想起我不在那里,不可能在那里,那场仓皇的越野是我的故事的前序,出于我说不清的或者不相干的原因而不可或缺。

我知道他们没太费劲就穿越了乌拉圭边境,在迅速的、貌似随便的拥抱中分别,没几个小时三人就坐上了从蒙得维的亚飞往圣保罗的航班。最后一次惊吓来自驾驶员机械的声音,他向乘客宣布计划略有调整,他们将不得不在布宜诺斯艾利斯停靠,在父亲的想象里,这重现出往日的一些可怖景象,粗暴的搜查、镣铐,还有讯问。一阵骚动之后,想象中的可能性排除了,父亲感觉像是松了口气,好像终于又能呼吸。那时他明白了,或者说开始明白,不是哪里都是他从前住过的那几个被恐怖和惊惶占据的街区。那时他开始明白,世界要更宽广得多,其中有平原辽阔,现实的疆域和乌托邦的图景都宽广无垠,还

| 抗拒 |

有，为了保住这些疆域、图景而斗争，无论何时何地都会有意义。那时他认定了，或想要认定，失败是一时的，只是这一刻的失败而已。

说父亲母亲没遭受流亡之苦，没饱尝不如意、误解、乡愁和并非自愿的遗忘的苦果，会有些轻率。但我觉得，某种程度上，他们的流亡生活确实像那天的早晨、午后，像宁静的风光，洒满阳光的原野，一夜动荡后应得的平静。我相信，不夸张地说，此后多年都是那一天的延伸，紧张但又祥和——尽管我们有时也回到过前夜，尽管我拼命想重现那晚，不知为何。

还有一夜我没有忘记，那是在已经变得广阔的世界里一个遥远的城市，距离出逃已经遥远的一年，更接近我开始讲故事的这一年。那时我正和父母在巴塞罗那，与巴伦廷·巴伦布里特共进晚餐，酒杯欢快的舞蹈间玻璃叮当作响。巴伦廷露出一个又一个笑容，讲起一件又一件趣事，阴影渐渐笼罩他的脸，一时间他面色阴郁，起身离开桌旁，拎起了拐杖。他的右脚踝红肿变形：看见我这只脚踝了吗？他问母亲。他们问起你的时候干的。

28

有一天，一切都是别人的。你走在不认识的街上，终点是突兀的转弯，没有岔口就变成了另一条街，有另一个名字，那里该是你安家的地方，而你迷了路。有一天，一切都是别人的。你终于找到一间咖啡店，虽然不想喝，只想坐坐；店员为你端上一杯，看起来急着等你离开，因为喝咖啡在那儿是字面意思，并不包括久留。一开始我们有点惊讶，父亲母亲说，而我反过来理解了他们，因为我曾为过于笔直的道路和喝一整个下午的咖啡感到惊讶。

有一天，一切都是暂时的。他身在巴西，只是还没去墨西哥，去同其他流亡的同伴一起重新投入战斗。他身在巴西，只是还没去西班牙，去那里重新投入生活，还有许多推迟了的打算。他们还没下定决心，所以才在这里停留，数月时光如蜿蜒的道路般延伸，咖啡的香气也同样，直到他们能欣赏。有一天你向过路人指了路，发觉你知道自己站在哪条街上，那终于是你的安居处，曾是别人的变成了你的，或者说几乎是了。你也不在意那人听不懂你的口音，你比比画画，仍然迷茫的过路人回你一个友善的微笑——这里当然有悲伤，这里和那里一样有独裁，这里每个没有苦难的角落都能看出苦难，但到处是爱笑的人。

你笑着，关于那个族群，关于他们的快乐和美的本质与真相，你相信你理解了一些，尽管你并未理解。那种属于别人的美，你也许有一天能模仿，或许在你能拥有相似的轻盈的时候。你笑着，思索美是否并非永远属于别人，快乐是否并非永远属于别人，是没人能在你身上发现的东西，是只在他人脸上、永不在你脸上留痕的易逝之物。那一天，你不问自己是否有一天能让美成为自己的，让快乐成为自己的，你问是否有一天你也能变成另一个人，也变成别人。

29

但曾有一天,巴西人也笑不出了,那一天他们张开手掌捂住脸,平日的友善让位于更鲜明的怒火。很难找到最适合那种情况的语气,理解不重要之事的重要之处,尊重无关紧要处可能存在的正当的痛苦,尤其是群体或共同的事情上。很难完全估算出无意义之事在被投射各种内涵、安上众多意义后获得的重量。从最平常的境地到悲剧感,有时只需一次隐蔽的偏差、一处微小的疏漏。

那天有六处微小的疏漏。一名防守队员被加速过掉,对方一名头球高手没被盯住，禁区内对手一次二过一轻松完成，一名后卫没起跳，门将一次没有反应，门将再次没有反应，显然缺乏接住球、拦下进攻的兴致。由于阿根廷以不可思议的六比零大比分战胜秘鲁，巴西惨遭淘汰，尽管巴西所向披靡，尽管不该如此倒霉。又或者根本不是倒霉？所有人在一栋房子里相聚，流亡的阿根廷人和心怀同情的巴西人，这一刻所有人在猜疑中面面相觑，几乎藏不住敌意；这一刻他们用粗鲁的言语对骂，交谈变得刺耳。突然间，场上的十一个人成了他们卑鄙、虚伪的祖国的杰出代表，那场比赛成了一场骗局、一个污点，门将被收买了，在场的每个阿根廷人都莫名被牵扯进来，背上了自己的一份责任，都曾参与了些什么，成了某种形式上的同谋。

此时他们成了迫害他们的卑鄙祖国的同谋。无论他们的辩白有多真实，都似乎不起作用。的确，他们不肯穿球衣，克制了一切喊叫，努力嘲笑屏幕上的每个政要、镜头里每件亮闪闪的制服。从世界杯一开始，他们就在揭露谎言，怒斥国际足联纵容这场胡闹，让那个政府得以向全世界夸耀自己的胜绩，高唱关于自由的虚伪主张,歌颂自己的大工程,无论是囚牢或竞技场。不错,他们曾投身整个批评的狂潮,此刻仍投身其中,讲到激昂处时手舞足蹈,可他们真的相信自己的话吗?那些表示就够了吗?他们难道没在参与些什么,像被指责的那样,他们难道不是某种形式上的同谋吗,就凭他们不在现场,凭他们已经找到新的安家地,凭他们能欣赏咖啡的口味,凭他们能兴奋地、自然地聚在一起,看一场球赛?这时他们几乎不说话了,和其他人一样垂头丧气,和他们一样禁受了失败,像禁受另一次失败的摹本,前所未有地体会到得救者独有的罪恶。

  我知道得不确切,也许这都是胡思乱想,我从语气中察觉到浮现的痛苦,这语气在我重新组织这些片段时突然出现。那一晚在故事里留下的是个笑话,是又一次成了闹剧的悲剧。哥哥在大厅的死寂里穿梭,用他瘦弱的双腿全力踢球,操着他的阿根廷口音为肯佩斯的进球欢呼,徒留是谁教了他这种爱国呼声的无解之问。

30

有些事我不愿向他们问起。很多事我不愿再问,宁可从留存在记忆深处的言语中唤起。那些我已遗忘的言语,在头脑中转化成了模糊的观念、朦胧的图像、可疑的印象。凭借这些非实体的残垣断壁,在极不稳定的地基上,我努力构建起了这个故事的楼体。但哪怕在这个很有限的范围里,也有我不知道的事,有他们从未与我说起的事,而即便如此,我还是不愿或不能向他们问起。

我想象着父亲和母亲,在那个我不曾经历的早上,在我从未踏入的一间公寓，在我只见过外立面的建筑里，我想象着父亲和母亲在桌边，弯腰看着报纸。报上不常有阿根廷的新闻，寻常不会戳破官方的宣传，提及严重的罪行，有违人性的罪行，被从人群中掳走、遭受拷打、下落不明的男男女女，或者说，这一串里囊括的整套镇压流程。我想象着的是一九七八年八月一个礼拜日的早上。那个时候，几乎所有罪行都散播开来，但往往以更曲折的方式抵达：每每在流亡者之间见面时倍增的流言，还有惨烈的亲身经历，其中很多还不为人知。尽管是秘密的报纸，是在另一个国家、用他们不精通的语言，见那些事印在报上还是奇怪。矛盾的情感笼罩着他们：报纸上恐怖终于被披露，报纸上努力表现了问题的严重性，但也证实了不断传来的流言，让他们生活中遥不可及的事情变成了触手可及的消息。

在我没读过的那张报纸的最下方，有一则小字刊登的简短公告，差点没被发现。署名是五月广场母亲会，更准确地说，母亲会中当时名不见经传的分支——"孙辈失踪的阿根廷祖母"一派：

| 抗拒 |

我等吁求诸位的良知与善心，关于我们失踪的孙辈，敬请相关责任人、收养人或知其踪迹者，奉行发自内心的人道与基督徒之仁爱，令婴孩重回家庭之襁褓，他们的家庭正经受不知其下落的绝望。他们的父亲、我们的儿子失踪或死亡于近年。我们，母亲中的祖母，在此公告我们日常的吁求，且谨提醒诸公，上帝的律法庇护至真至纯的造物。人的律法同样保护这些无依无凭者基本的权利：生的权利，以及祖母的爱，他们的祖母正日日寻觅，不眠不休，并将寻觅下去，只要一息尚存。愿主指引我等之稚孙笑容与亲昵所予之人，令其回应这则面向其良知的切切呼唤。

他们有没有高声念出这则悲切的倡议？会不会察觉热气涌上双颊，激起了脊柱的阵阵战栗？会不会相顾无言，在沉默中想起那已久远的事，圣诞前夕的电话、窗户紧闭的房子、意大利小姑娘？会不会朝对方辩白，说太不可能，说无凭无据，说军政府不会掳走一个婴儿，就为了把他送到他们看作颠覆分子的夫妻手里？他们会不会查了法条，确认即使身在法外仍能有法律支持，确保"被收养人不再属于原家庭，废除与其他所有家庭成员的亲属关系，此后任何人不得将其认为己有，不得主张亲子关系及其抚养、继承"？即便如此，他们会不会想着已经属于他们的儿子，正睡在隔壁房间的、活泼可爱的男孩，拉开了我不曾拉开的那个抽屉，看到那张还没太破的纸片，考虑打电话给那个给他们送来了儿子的女人？

不，这些都不是真正的问题——可能因此我才从未问起。探究父母曾怎样反应，怎样读完了五月广场祖母会的呼吁，只是无力的尝试，试图把这则呼吁放逐在某个确切的时间，变得不合时宜，排除在其声犹存的当下之外。一九七八年以来，祖母会的呼告不断重现：在那些女人每星期四走来走去的广场上，很多次在我能读到的报纸上，在无数新闻中反复出现。我不知道我为什么一直依赖父母，去想象他们每次读到时的情形。也许我没有勇气了解自己或哥哥读到时的模样。

31

我在记忆博物馆游览，沿阴森的走廊前行，在同一些悲剧的命运、悲伤的生平中又一次精疲力竭。有间展厅辟给了祖母会的事业，地图如此标示，我循地图走去，步伐坚定，但到门口又踌躇起来。展厅里，只有一对夫妇手挽着手漫步，悠悠兜着圈子，似乎离结束还远。见了他们，我在门槛外停步，发觉我不愿和他们同处那片空间，不愿勉强自己在那小小的几平米里小心地走动。我仍停步在门槛外，就在他们余光能瞥见的地方，感到血气上涌，涨红了脸，感到羞耻突然而至，而我无法言明。我一动没动,一动不动地停了几秒钟、几分钟,但没过多久,那对夫妇请我让路,我上前两步,可能是情非所愿地,站到了祖母会展厅中央。

什么都没有,几乎什么都没有,展厅里只有一排排老照片,失踪女人的肖像,军事独裁受害者的黑白证件照。这些年轻女人笑着:能看出在努力捕捉她们快乐的时刻,留存幸福的瞬间,尽管她们没过几个月,有些没过几个星期,就被暴力地掳去,哪怕怀有身孕,仍要常常受折磨,只有仅够孕育幼儿的食物,被迫在极恶劣的条件下分娩。能看出在努力展现她们的力量和尊严:她们是那群坚强又可敬的女人的女儿,她们的母亲现在正寻找那许多被掳走的婴孩,那些孩子被军方强占,送进亲政府的家庭,贵重商品般辗转于人手,消失得无影无踪。

照片上只有一个年轻女人没笑。她苍白的薄唇仿佛在预告将降在她身上的恶,降在她们所有人身上的恶;她清澈的双眼饱含悲伤,一直蔓延到照片以外,向展厅释放曾有人想躲避的情绪。望向她的时候,我察觉一阵不自主的冲动,想仔细观察她的面孔,检视她的每处特征。她的相貌没让我觉得熟悉,已不再向我揭示什么，我便转而以夸张的兴致仔细观察其余那些面孔，分辨她们瞳孔的颜色、头发的蜷曲程度，描摹鼻子处的模糊线条、下颌的曲线。为什么这样做，我不知道，也不想知道，哪怕对我自己也不能坦白。

在展厅出口，在门边，有个开了窄口的木箱，样子像是意见箱。"在这里提交你的信息，帮我们找到丢失的孩子"，用西班牙语的命令式，贴在箱子上的纸条如此要求。一时间我的双脚背叛了我，我成了门口犹豫不决的身影，不知道该进去还是离开。我的痛苦已经无法掩藏：我问自己，尽管并不能，我是否有什么可提交，是否有什么能支援那些祖母的斗争。

32

我知道我写了我的失败。我并不真正知道我写的事。我在两者之间摇摆,一面是对现实无法言喻的迷恋,或者说对我们通常称之为现实的世界的碎片的迷恋,另一面是坚定不移的杜撰倾向,是可选的伎俩,将生活拒不提供的意义创造出来的渴望。我本想写我哥哥,哪怕不真实也会从言语中现身的哥哥,可每一页里我都在抗拒这个设想,一旦可能,就躲进父母的故事里。我本想写现在,写明显缺失联络的这一节,写我们之间出现的这段距离,却反而流连在幽深曲折的过去,一个能让我逃遁远离、迷失其中的可能的过去。

我知道我写了我的失败。我本想写本书谈论收养，里面有核心话题，紧要的、但被许多人甚至一些重要作家所忽视的话题，但最终能写出些什么呢？关于那些我素不相识的生命，标记他们的是刚到人世时一次不起眼的抛弃，甚至可能不是抛弃，只是和其他事同样偶然、同样毫无缘由、与许多事都相似的个人际遇，关于他们，我能写出什么尚未揭示的真相？除了怀疑、主张、疑问，我还能提供什么呢？我本想把哥哥的事写成某种更宏阔的东西，构建出能像双眼一样说话的话语，让某个人能从中认出自己，让某些人能从中认出自己。但哥哥怎可能代表旁人，明明在这本书里他甚至不代表自己？我给他的角色分配不公，让哥哥被他永不会成为的样子挟持。

我知道我写了我的失败。我并不真正知道我在写给谁。我想到藏在抽屉里的那张纸片，想到没人拨出的电话，想到显然会终结那通电话的错误，另一端不会有人接起。我看到自己毫无迂回的恐惧：也许这本书就是那个错误，写给一个不存在的对象。我回到我冲动的根源：我相信，这本书我本想为他而作，我要在书页间说出曾无数次咽下的话,弥补我们的无数次沉默。不会是这样,不曾是这样,我已经明白。用这本书,我不可能把他拉出房间——怎么可能呢,既然为了写书连我也封闭了自己?现在我再不知道去往何处了。现在我在文字面前手足无措,不知道如何选择。就是现在,在这会儿,我能感觉到:我想要的是哥哥在这里,手掌盖在我颈后,手指温柔、轻巧地在我脖子上交替下压,指引我该去往的方向。

33

不过，每年都有一天，哥哥会推翻他的克制，逃避他的逃避，退出他的退出，把长期的匮乏变成酝酿中的放纵。他冲出房间，释放出次次重演又次次超出我们想象的能量，然后开始在家里乱窜，挪动家具，辟开空间，去除能阻挡他的一切障碍。他还冲出家门，游荡着穿过各个街区，收获节庆饰品、乐器、大个的音响，见老朋友、新朋友、朋友的新朋友，兴致勃勃地把人全叫来参加他的狂欢活动。厨房，这个我们几乎没见过他光顾的地方，变成了他的阵地，他躲进肉箱和酒箱砌成的掩体后面，乐此不疲地收拾着数不完的箱子。

看着他每年一度地把累积的消极转化成行动，突破自己的幽闭，变得那样热爱交际，是一种快乐——快乐在于看着他身上原先稀缺的变得丰盈。那种快乐近乎慰藉，他的举止中的确能看出令人意想不到的愉悦，不然也是某种与愉悦类似的东西，某种我们试图通过一些努力一同体会的兴奋。我们会一起在那儿待两三个小时，为他的亢奋而亢奋，为他的笑而笑，直到某个我们已无力越过的模糊的极限。倘若有人目睹他接下来几个小时里如何来回不休，定会震撼于他纤细的身躯吞食酒肉的海量。远远在这之前，我们的快乐逐渐变成担忧，不久化为忧愁，尽管我们并不承认，但每人的离场都隐秘地受其驱使。在那些没有结束迹象的狂欢当中，当兴奋已经完全转化为可观的浪费，父亲和母亲会退回房间，姐姐会亲吻哥哥然后离开，我会随便找个理由出门，就这样，我们悄悄地弃置了他曾奋力填满的空间。

我不清楚每场狂欢有多久，但我知道我返场的那一次有多久。那天晚上，我正散心的时候，错过了一连串电话，紧随其

| 抗拒 |

后的留言表现出巨大的不安,几乎是我不能理解的绝望。狂欢拖得太久,他们说,狂欢上全是音乐声、喧闹声、大喊大叫声,哥哥喝得毫无节制,姐姐一大早马上有重要的考试,想学习学不了,想睡觉睡不着,父亲冲哥哥说了些欠考虑的话,然后哥哥,父亲说,他爆发了。我到家的时候,事态已经超出了留言能说明的一切。几乎一切正常,那场狂欢强劲的脉搏仍在持续,但姐姐的眼睛,还有父亲的、母亲的眼睛,诉说着他们的言语说不出的悲伤。

我从未确切知晓那天发生了什么。我听他们的话像在听不可能存在的故事,尽管我相信他们没有说谎。我意识到他们期待我做到远超我所能的事,在我看来不可能的调停。我在人群中跟在哥哥身后,在我看到他之前,他已经向我走来。我们两个在客厅中央停下,他眼里是暴怒的红和清澈的蓝。我不知道那时我领会到的东西是来自他的眼睛还是他的言语。我和你们不一样,我想我听到了这句话,我想他的语气既愤怒又悲伤。我生下来不是为了一辈子思考、读书、学习。你们对我失望,没关系,我知道他们想要的不是这样,我知道我不是什么模范子女，但是我就不能在我自己的狂欢里尽兴吗，哪怕只有今天？这个家不也是我的吗，我就不能用我的方式、用我想要的音乐占用这个家吗？这儿也可以有噪音，也可以吵吵闹闹，这儿不是图书馆。见鬼去吧，我混蛋，我知道我混蛋，但他也混蛋，我混蛋是因为他混蛋，因为她们也混蛋，因为全世界都混蛋。

不，这只是编的故事，甚至不是最逼真的那种。我记性不好，不会记得哥哥说了什么——我不能给他扣上太过明确或模糊的发言、因过度丰富或匮乏而偏离原意的发言。我记得有那么一会儿，我们在那儿有一段被嘈杂声淹没的对话，那是段在伤心和同情、理解和哭喊之间的对话。我记得那天我知道怎么支持他，笨拙地说了些让他平静下来的话，在他的平静中我也找到了我的平静，意料之外，转瞬即逝。我说不出谁先支撑不住，谁靠在了另一个身上，被对方结实的手臂拢住——我说不出我们不觉得重要的事。重要的是我们久违地拥抱了，久违地哭了，我不记得我们还做过这样的事。

就在那时我感到他的一位朋友来拽我们的胳膊肘，闹着说今天高兴，说要再和我们干一杯啤酒。那天我待满了整场狂欢，得以目睹他的朋友一个接一个离场，已经很晚了，他们非常兴奋，都要来轻轻拍他的肩膀，亲昵又真诚。

34

我曾经还有个兄弟,尽管更准确的说法是我不曾有别的兄弟——只有哥哥曾经还有个兄弟,又可能他也不曾有过。我曾经还有个兄弟,我没见过,谁都没见过,只有母亲曾在体内感受他,在腹中收容他。他死在将要出生的时候。

那段往事的痛苦最终绕过了我,我想我从未足够敏锐到能体会或理解。那段往事我想方设法避开,说起来就好像闯进了与我不相干的地盘,不知为什么像是悖逆了母亲。有件事我不希望你写进书里,她曾对我说:别说我只在巴西能怀上孩子。

我从她的欲言又止里猜测,她不想让人以为从前的不行没有实际原因,以为那只是对他们的生活状况心理上的反应。我沉默着揣度,她不想有人认为没怀孕是过错,认为那是她的错。可是,尽管这些理由十分简单、前所未有地专断,但相比那无法摆脱的不确定性、像紧绷到即将断开的线一样的生活,还能有什么更实际的理由呢?还有别的什么因素,怎么说都不存在的因素,更能让她摆脱这项过错?

母亲为了怀孕努力过很多年,去过各种各样的诊所,接受过自夸是最现代的治疗——关于这个过程,我要重申,我只能这样无力地、概括地描述。到了巴西,尽管已经有一个孩子用哭声打破隔壁房间里漫长的寂静,有一个儿子用身体占据了被旧日的忧虑撕开的缺口,到了巴西,尽管并无必要,那些医生的许诺却终于成了真。我想象着那时女人站在镜子前,双手盖住肚脐周围勾勒出子宫新形状的隆起,感受着生命在手指下面慢慢成形。我想象着那几个月里的女人,仔细观察着自己的身形渐渐舒展,适应着胎儿或轻微或剧烈的动作,意识到一个新的世界中心在自己的身体里凝结,察觉出两个人在一副躯壳下构成的奇特的完整。

我想象着怀胎九月的母亲,她正为将出生的孩子异常的安静担心,急忙从广场赶回医院,尽管已经动摇,还是向自己和我父亲说一切都会好的。但我想不出她听说胎儿死亡时的样子,夭折的孩子已经有了名字,有了床,不久后桌旁会有他的座位,我不能或者说不愿想象她的痛苦。还有一个星期,她还得在肚子里带着没了生机的孩子,迟缓地告别曾有过或原本会有的一切,告别那孩子或关于那孩子的设想,告别那个儿子或者那个儿子的幻梦。迟缓的告别在极度悲伤的分娩中达到高潮,产下的是夭折的儿子,或是已经夭折的生下一个孩子的渴望。

至于她的消沉,是她所说,是我听她说起。是她讲述她曾把自己关在家里,不想再出门,罔顾丈夫的呼唤,短暂地沉溺于绝望。但那儿还有个男孩,罕见地小心,维持着突出的寂静,望向她的眼睛流露悲伤,不像往日有那么多泪水。那儿还有个男孩,一个需要她照顾的儿子,无言地请求她抱起他,就是此刻,就在当下。在那一刻,那个当下,她抱起他的时候,是他保护了她,是他用亲昵抹去了从失去时起就折磨着她的、难以平复的无助。那件痛苦的遭遇里暗含曲折的逻辑：她有过完整的孕期，生下过一个男孩，现在怀里抱着一个男孩，和她的儿子肌肤相亲，构成了没人能打破的奇特的完整。

我从未感到我不曾有过的这个哥哥的缺失——相反，他的不可能存在时常在我心中激起不合时宜的困惑。你原本想要几个孩子，我问母亲，她干脆地回答说就是想要三个，可能是为了附和现实，确保我们每人在她的设想中有精准的位置。我没问我这个第三个孩子会怎样，如果那另一个儿子活下来了——我忍住了自恋，不想显得太幼稚。但我常常想，要是有那个哥哥，这本书就不会有，或者可能由他来写。

35

相册里有张照片是母亲在整理那本相册。照片奇妙地记录了记忆如何构建、久远的现实如何在人造的图像序列中转化为叙事,提示了记忆形成的过程本身也有值得记忆之处。三四岁的哥哥兴致盎然地趴在相册上,或者说趴在母亲正整理相册的手上。也许他正开始养成参照别人的样子认识自己的怪习惯,不管那人是父亲、母亲还是他自己。也许他正学着做用各类身份感知自己、讲述自己的奇怪练习——多年后他将极力回避这种练习。见到这张照片,我只想起显而易见的事:我讲的这些故事是父母用多年造就，鲜少脱离他们看待事实的观点。见到这张照片，我意识到我一定程度上是父母塑造出来讲述他们自己的生命，我的记忆脱胎于他们的记忆，我的故事将永远别无选择地包含他们的故事。

我翻过一页，见父亲躺在床上，被套皱巴巴的，一本翻开的书封面向后卷着，方便他一只手举着烟凑到嘴边时用另一只手拿起。照片上那一瞬间他没在看书，在转头看身边躺着的、三四岁模样的哥哥。男孩正用小手尝试放平眼前的书，薄薄的双唇间含着一支笔，他当作加长的烟，抽得高兴，或者装作看那本天书看得高兴。父亲的脸看不出表情，在张开的手掌下半掩着，因为抽烟的动作皱起，但我还是看出了不加掩饰的骄傲，那种看见儿子滑稽地努力模仿他时成为榜样的愉悦。他们现在怎么不见什么共同点了，我暗自感叹，除了总被认错的蓝眼睛。是从哪一刻起，哥哥情愿和那个男人区别开来，不再参照他的样子认识自己，摒弃了他的神态和习惯？

可能哥哥的确有他实施斗争的办法，我随后在错误地尝试重现他们的相似之处时想到。一段往事突然降临在我的记忆，简单却有说服力:一天下午,父亲照常出了门,母亲在家里,和一位来访者待在她用作诊室的房间。也许这种情况已足以惹恼尚且年幼的男孩,但最好多说一句,姐姐出生还没几个月,我猜想这会在哥哥心里激起额外的不安——尽管他在和婴儿的那几张合照上显得非常亲昵。事情很小,和所有值得讲述的故事一样晦暗不明。在一个寂静的下午,哥哥打开用作诊室房间的门,没说话,没闯进不准他进入的空间,没针对做心理分析师的母亲,也没冲着因为他的动作消了声的来访者,用尽全力砸下去一个阿根廷大苹果,苹果在拼接木地板上碎成几瓣。

父母讲这个故事的时候乐得开怀,我每次听也乐得开怀。然后我问,不太确定是否必要地问,他们有没有弄清是什么惹恼了男孩,他斗争的诉求是什么,他出于什么动机表达——是不是,在他们结束了战斗的时候,哥哥开启了他的战斗。他没解释太多,你知道的,他们中某一个语气平静地说。你哥哥到底是喜欢行动多过语言。于是我陷入沉思,思索他们照料不像自己的儿子时可能遇到的困难,当他们遭受这种捉摸不定、这种变化无常,在期待不断落空、意外难以克服时可能出现的冲突。父亲适时打断了我：你以为只有你哥哥和我们不同，捉摸不定、变化无常吗？你以为有哪个孩子听任别人塑造吗？每个子女都会超过他被孕育、被构想出的样子。你们所有人都一直不是我们想象的那样，都没长成期待中的样子，而其中往往藏着命运的馈赠。

36

我父母的政治生涯，或者通常说的政治生涯——参与长期抗争、对抗行动、集体运动——有一段尾声。如果我不回避某种忧郁的话，可以说是父母对旁人定义的体系的不妥协、不屈从有一段尾声。那段尾声可能同时是一个过程的起点，在那以后，他们变成了我所认识的平和的人，变成了努力工作的执业者、勤劳的一家之主、每晚坐在桌边耐心地搅拌杯子里的茶水的大人。

那段有终结意味的插曲应该发生在一九八〇年代初，那时五口之家终于成形，先前女儿的出生让他们得以定居，不再东躲西藏，正式在巴西落脚。那是个幸福的家庭，和可能有人会猜测的一样，与所有幸福的家庭相似，但流亡的感受仍会造访，寒风般捎来遥远的苦痛，在他们耳边低语，诉说有关不见尽头的恐怖的见闻。低语中也有出人意料的号召，是一些同伴咕咕哝哝，一个个地念叨谁都不能就这样，过得这么安宁、这么事不关己，说是时间重聚了，说有些事必须要做，而能够指引他们的人此刻已经出现。

他们在白水公园见了面，做这个决定的声音非常朦胧，激起了其他人的响应，但没人知道是谁。父亲和母亲各自都说曾经很为那一派的设想忧心，说又感到了似乎已经被巴西的安宁消解的动荡，重拾了参与当下的热情，打算不再忽视当下的大面积毁灭。他们黎明时分在白水公园见了面，十个或十二个人聚在一棵橡胶树下，两股战战，忧思满面。有人站了出来，以不容置疑的威严俯视人群，迫切地说起要迫切地行动，不惜代价，大举进攻，给军政府那帮国贼来个致命一击，他一面语气平淡地说，一面把手臂探进背包里，迎着破晓的晨光掏出个手雷似的东西。手雷操作很简单，他的声音变得坚定，只要在恰当的时间拔掉这个插销，引燃导火索，燃烧的引信就会引爆炸药，当然，这之前你们要先坚定地扔出去。你们仔细看看，当心点，感受一下形状和质地，掂量掂量火药的重量，想想用多大力气能扔出安全的距离，也就是尽可能远的距离。

母亲手里拿着一枚手雷，我想不出是什么模样，她全部的想法就是那太荒谬了，过分违背原则，还有脏东西太烫手。从母亲手里接过那坨铁疙瘩时，父亲听到她愤怒地嘟囔着太荒谬了，留意到她正打算离开，就知道了他只想陪她一起，在那儿没什么可做的了。他们的运动就是这么坏掉的，他们松了口气离开公园时生着气，回想起来还是生气。他们的斗争就是这么背离了本身的意义，就是因为好战，欠考虑，听天由命。那帮家伙要的是革命吗，还是想自杀要拉个陪葬？

不，我父母的政治生涯没有尾声。他们的不妥协更低调又更明显：他们的抗争始终见于设问、辩论、质疑的习惯。这样看待他们，我就不觉得自己不同，或者说此刻不再追求不同。这样讲他们的事，不通过虚构润色，武器就又完全失去了魔力。

父母离开了那座公园，我也和他们一起，把过去不知道的都留在身后。要把不屈从都放在思想活动里，行吧，我坐在餐桌旁，喝了口搅了很久的茶。我不会再想把武器握在手上，说也是一种行动，也能建立一段政治生涯。

37

我坐在餐桌旁，在父母身边，看他们的脸色在认命和忧虑间摇摆，从姐姐的肩膀看出她日复一日的颓丧。我们四人坐在桌前讨论哥哥的事，我甚至已经不知道说了几个小时，这礼拜、这个月、这一年里又说过了多少个小时，也不知道已经多久、从什么时候开始，围绕哥哥的讨论成了这种力不从心的眩晕、这个平常的动作、这块生活必不可少的基石。关于他的疏远、他的虚弱、他的抗拒，关于他在孤寂里虚掷的生命、被麻木和沉默拦截的生活，我不知道还有什么要说。关于他偶尔的活跃、突兀的现身，关于他数次突然离家，去与他的房间截然不同的城里，一次比一次更激烈地释放纵情的快感，我不知道我们还有什么可留意。他离家时，我们不知道他往哪儿去、和谁去、做什么、在哪儿流连。他回家时任由我们在那儿谈没根据的假设，把自己关进房间，忍受着他未能言喻的遥远的痛苦，躲避着家里人，躲避是因为感到莫名的愤怒，因为迎头撞上了某个不存在的障碍，因为不想面对我们的不同。或者是我们承受不了他的另类，不知道如何理解，从来没能明白他是什么人，而所有这些执着的言语全是这种无能的劣质产物，是无用的排遣、自我开脱的尝试，是对那些最要紧、最应当但我们无力向他说出的言语的补偿。或许不是这样，有人提出异议，我们不要太苛责自己，我们围绕他说了这么多，可能就是无奈之下的关爱的表示，是希望他哪怕不在场也仍在我们中间。可能吧，有人点头。可能他看看心理分析师会有用，我们中总有人提议，而其他人会提出所有人早就熟知的问题，他不会同意的，他一直不同意。强行带他去治疗不会有任何用处，不过是暴力罢了。无须打破稍纵即逝的沉默，我们会共同回想起他久远的少年时期，那漫长的几年里他常与一位心理分析师见面，尽管有百般呵护、诸多期待，却也差不多毫无进展。那位分析师叫父母去谈话，为缺失的信息惊讶，收养，这么重要的事，没有，他什么都没说，他怎么能在如此惊人的隐瞒中接受了那么多年的治疗，怎么能敞开了谈论自己那么多年，这种事却从没提过一句？然后我们又会反驳，说问题是他封闭自己，封闭在房间、在自己心里，尝试接近他没用，只会增加他的愤怒，好像敲敲门说声早安就已经冒犯了他，好像有人剥夺他为自己创造出的孤立，他在其中得到他的宁静、他的慰藉、他的遗忘，一切维持他活着的东西，他的生活必不可少的基石。

于是，在某个清晨，我们都睡熟了、可能终于忘记了他没在场的时候，哥哥从不知哪里出现，开车大力撞向房子的过道，撞向围栏，撞向房子。我不知道有没有人听到了什么，我不知道哥哥怎样蹑手蹑脚地走向床而没让人看到。直到快中午时醒来，我才知道这事。他从没撞过车，母亲说。问题不大，房子很结实，车只是正面撞坏了，哥哥仅仅是睡着，但能说一切都好吗？开车撞向自己的家——谁能视而不见这份怒火，谁会充耳不闻这震耳的吁求？

38

那些早上,我想,就像我们共处一室的那些早上,就像我在记忆中臆造的那样,在静默与断续之间、在克制与暴起之间摇摆不休。家庭治疗的会面就是这样,没过多久,但也没留下什么记忆——我竟这么快就已经回想不出,那些会面竟迫使我这样努力去想象,我竟如此不信任我要讲的事。只是家庭治疗的会面而已:每个礼拜我们在同一间屋子里度过七十五分钟,在一位幽灵般的陌生人观察下,交换着闪躲的目光和没想好的话。在这七十五分钟里,我们说了很多,隐藏了很多,怕说出又怕没说出关键所在。

是借口、是托辞把我们带到了那里。既然他不同意单独治疗，我们中有人设想，也许他愿意和我们一起去，也许他会参与治疗，不再想逃避，也许没多久我们就不去了，让他自己说。我们是出于善意才骗他，我选择这样想，但还不知道、还不懂得，我们只是在骗自己。我们才是治疗的对象，是在我们中间有什么生发出来，或者有什么破碎了，是我们该推翻我们的抗拒、我们的无动于衷、我们的选择性沉默。但因为无知，因为还不知道这事实，我们最终迷失在不相干的思虑、发散的议论里，让他的一切动作、一切表达来得尽可能地迟，无论我们有多在意他坐着的那张单人沙发——就是离我们坐的沙发最远、距离听我们说话的男人最近的那张。

就在这时，哥哥说出了我们绝不能想到的话。我不记得他的原话，那些言语造成的效果才更重要。我记得，他说话时，当他细数日复一日折磨着他的无尽的轻微伤害和不快，当他越来越怨愤地回忆我们犯过的很多次错误、理应被谴责的很多次忽视，说父亲总是忙着工作，说母亲在病人的压力和日常的需求里费尽心思,说姐姐一心扑在儿科见习上,说我只知道一本接一本读书,我记得,当哥哥发了狂地控诉没人听他说话,没人在乎,没人想知道他怎么样,想知道他是否还在门或房子或城市的另一边,我记得,他说话时,我心里有什么感觉恢复了。他的话比我的有理:他的言语中,曾经的"他"融入了我执着维持的"我们",不完整、不完善的"我们",排除了"他"的"我们"。那时,听着哥哥当着陌生人中立的目光怒吼,我记得我被旧日的某种情感攻占,我记得我感觉到了我们同是一家人。

39

他怎么能无视我们那时就在那里的事实，母亲发了怒，或父亲发了怒，我们一直在那里，关注着门的另一边，每天早上我们都有几分钟饱含期待，迫切地等他出门，暗自演练着要对他说的话、每个词精准的语气、请他亲吻时手的动作、迎接他时外露的热切。当然我们不只说好话，母亲解释说，父亲又解释说，有时候语气得重、话要严厉，特别是见儿子这样疏远、这样悲伤、这样颓丧的时候。特别是感到这个儿子要在不容填补的空无里消耗生命，而那份空无似乎消耗了我们、传染了我们的时候。特别是这种无力攻占了我们，似乎无论怎样努力都永远不够、从来不够、我们中谁都不够，这振聋发聩的失落、失败折磨着我们——我已经不知道这是谁的话——的时候。

但每个孩子都是发展中的机体，温尼科特不是这样说过吗？每个不依赖父母而醒来、行走、走出房间、投入生活的孩子。每个孩子身上都有生命的火花，温尼科特或那个分析师说，在那个为自身而存在的生命中，有些东西在发展，无论父亲或母亲都不必为之负责。当然，父母有建立健康的环境、提供必需的条件、给出刺激的职能，但最后也许该明白他们的任务到此为止，不是所有问题背后都有你们的错误。也不是一切都简单地牵涉某种过失、某种你们永远赎不了的罪。都是假的，分析师提出，或者也许都该是假的，我是说你们感受到的那种空无，那种失落，那种无力，那种牢固的自己"不够"的概念。说到底，你们能犯下什么重大的错误，能让他成现在这样？

这时我大胆地说出，或者姐姐大胆地说出了那件一时被遗忘的事，我们的哥哥是收养来的、曾被收养、是个养子的事实。我想说的，或者姐姐想说的，是父母之所以这样评判自己，可能是因为在很久前曾那样主动地担负起明确的使命，要对他负责，要确保那个男孩好好的，而现在，他们不确定自己有没有做到，就因为这份沮丧泄了气，或者说投入了这份忧虑、这份哪怕他不愿意也想让他走出来的愿望里。但我一直没能说出来，说这些话还需要勇气或时间，因为我开口那一刻是哥哥发了怒，不，不关这件事，他粗暴地打断，不管关什么事，都不关这件事，不关这件事，他不断重复，直到迷失、混淆、颠倒了自己的意思。

40

家里有段关于收养的往事,这时提出来就仿佛我们向来知道,仿佛取自我们可能拥有的某部鸿篇巨制。母亲讲起这个故事,语气轻松,尽管声音里除了轻松似乎还有克制,或许是不寻常的小心,谨慎地关注可能颠覆这段往事的词汇和概念。

很久以前,外曾祖父有过一个早亡的女儿——那个女儿和我母亲同名,她奇怪地指出这个巧合,但没深究,没多想两人之间会有怎样特别的关联。为了缓解丧女之痛,他又收养了一个女孩,给她起了另一个名字,但设法参照同一套说法抚养她,包括他们的远方血统、描述确切出身的那个传说、一场美妙的孕育、圆满的分娩。不知在避讳什么，外曾祖父从未透露将她带到他身边的那段经历，从未告诉她说她是养女。过了十八年，到了该发现的时候，像传奇故事里常见的那样过了十八年，直到一次复杂的状况改变了一切，比如要去欧洲，需要出示证件。十八岁时，那女孩发现了否定了她整个人生的事。讲述在结尾处加速，仿佛匆匆收尾能减轻其中的沉重：没发生丑事、没有任何冲突，女孩和第一个追求者结了婚，生了孩子但没回家，再没说什么就失踪了。

我兴致缺缺地听完这段历史，起初没打算理解。很容易推断出一则教训，又提供了一个事例，佐证了困扰着我们的笨拙、无能，不能接受家庭可能有各种构成方式，不能接受这些构成方式不总是遵循某一个范例。后来我想我理解了更隐秘的意涵：先辈的这种境地、这种失控的命运、这样悲伤的结局，正是父亲母亲之前一直想让哥哥避开，或一直想让自己避开的事。他们早早就致力于讲述他是谁、从哪里来，避免了意料外的提问、不可控的发现。他们早早就留心满足他的愿望，确保完全的庇护，防止任何不满。即便这样他们也没能、因为也不可能避免可能的突然逃离，避免他决意强行远离，避免又一次失踪。有那么一瞬间，我问自己，尽管不该，尽管不想让他们蒙冤，尽管我闭了嘴、沉默着退出了那次治疗，我问自己，儿子这样不受拘束地在场、与其近距离共处一室，在多大程度上不合父母的心意。他的闭门不出、他执着的依赖，在多大程度上未让他们免于往日的忧虑和捕风捉影的恐惧。他们此时以儿子为名发起的战斗，又在多大程度上不是对抗他们自己的战斗。

41

有人想起，我不知道是母亲、是父亲、还是那位咨询师，有人想起温尼科特有个养子。不是养子，另一个纠正说，和养子差不多，是个他照顾了一段时间的男孩，一个在战乱中流亡、没能进收容所的孤儿。温尼科特描述他时说起了敌意：虽然有时招人喜欢，那男孩桀骜、好斗，不停地惹出怒火，让他们夫妇的生活变成了地狱。他每天都无意识地寻找着失去的父母，温尼科特阐释说，他拒绝收容者的亲近，反复试探这个新环境。敌意不止由男孩产生，也主宰了他，意外做了父亲的人发觉了这点，而男孩想见到的正是这种强烈的拒斥。只有见了这种敌意，男孩才能相信新父母给他的爱，才会知道眼前建立的关系不是一般的好心或善举。那个做了父亲的男人终于懂得让怒火爆发的必要，于是在男孩任性时大发雷霆，压制他的妄为，甚至更进一步，把男孩赶出门，勒令他学会好好表现再回家。在夜里、在雨中、在冬天里，一次次被赶出门，男孩每次都会回家，变得越来越恋家，越来越有儿子的样子。

　　脱离了背景，也很难说清这个故事意味着什么。没人说这种情况太极端，没人为这种暴行辩护，没人支持这种陈旧的严父观念——母亲、父亲、分析师，无论是谁提出这种对照，此刻都苦于难以将自己的观点表达清楚。也不是在暗示哥哥感到了敌意，或者说他的症结在于某个女人、某个男人、孕育了他的某两个人的缺位——没人这么说，或者相反，说他的幽闭是拒绝寻找这些人。这里捍卫的不过是，有这样的必要，时机合适时就要跟儿子对立起来，拒斥他的拒斥，拒绝他的拒绝，否定他对共同生活的否定。这里考虑的不过是，在第一种无法理解的退缩面前，是否没有反面的退缩：是哥哥把自己关在了房间里，还是我们其他人把自己关在了家里的其他地方、世界上的其他地方、他的房间以外的一切地方。要把他赶出房门，漫长的沉默中，有人得出结论，必须敲响房门，必须先走进去。

这是我听这个"有人"说的，还是现在才第一次听到？我从前是否必须自我孤立在这个古老的城市，必须下笔书写陈旧的往事，才能听到父亲和母亲各自的话，听到他们敏锐的怀疑、清醒的犹豫？被从哥哥的房间赶出来了这么多年，为什么我一直不懂得回到他身边？为什么我拖过了那么多场雨、那么多个夜晚、那么多个冬天而迟迟不回，去敲响他的房门，更有哥哥的弟弟的样子，去再一次拥抱他？为什么我一直没能忘记，为什么我想躲得那么远，我又是以谁的名义、为谁的利益、出于对谁的敌意，寻觅谁的踪迹？

42

你们说得太多了,你们滔滔不绝却视而不见。

在一个人的头脑中能产生多么显著的变化,在无动于衷、眼神空洞、面无表情背后,会发生多么剧烈的反应。在什么都不在乎的那具身体里,在清空了一切言语和动作的身体里,在强行被清空的身体里,常常会有什么得到滋养,得以在寂静中孕育,而过去我们没人察觉,没能及时发现。我们没人注意到他日渐增长的急躁,没人捕捉到他颤抖的手指正数着时日,还有哥哥每当等待下一场对话、下一轮争辩、下一次治疗时的焦虑。

你们说得太多了，你们滔滔不绝却视而不见，一天早上他控诉道，那天早上我们本不会见面，人人都预备沿着自己先前的轨迹行进。我们在桌边喝咖啡时，他扔下了这句突兀的话，仿佛丢了个手雷或阿根廷苹果，仿佛早就需要让人听到。几秒后，我们终于都来到他的房间，占满了整个曾禁止我们进入的空间，在墙上、床上、书桌上靠着，惊讶于他的亢奋，跟上或试图跟上他从未那样密集的言语，健谈得让我们瞠目结舌。你们知道或者装作知道很多东西，但你们不懂。你们不懂什么叫在这种可怕的孤独中生活——因为被环绕、被保护、被纠缠，所以也是可笑的孤独。你们不知道什么叫忍受这种停滞，感觉所有人都有地方可去而我还在这里，永远在同一个地方，就这样还迷了路，在门后停下脚步，手里拿着钥匙却打不开锁。你们不能想象什么叫被门挡住，什么叫被那扇大窗户、那块大玻璃、那个露台引诱，什么叫在完全空虚的一天后在露台上趴着，什么叫听到地板传来某种呼唤，什么叫感受到那种眩晕。你们不知道什么叫夜里出门，在所有那些没完没了的折磨之后终于能出门，你们不知道什么叫追求刺激，体会那种刺激的震撼然后沉湎，再次追求然后沉湎，你们不知道什么叫想把自己毁掉。

这不是他的原话，我不记得他的原话，但哥哥说的就是这些，在那以前我们从没见过他那样激动，无法在房间里某个位置站定，固定某个姿势，或朝某个方向聚焦他飘忽的视线、痛快的宣泄。你们担心，我知道，你们也受折磨，但你们受的折磨一分钟就没了，一小时就没了，你们放下然后生活继续。很久以前有一天，这时他朝着姐姐和我说，这时他的眼睛遗忘了愤怒、变得悲伤，曾有一天，你们放下了，你们的生活继续了，把我自己留在了这里。我们一起走到了那个时候，前一天还在一起而第二天就各过各的——文学、医学，什么借口都能用上。

你们理解不了那是什么感觉。那就像一根针，有人一下一下钉进你的血管，仿佛没有尽头。前三十年有人把那根针摁进皮肤，再三十年有人把针一下一下钉进你的血管，但你没发现，你只觉得痛却不知道痛在哪里。就算你注意到了，就算你终于看到了，取出那根针的尝试也是徒劳，因为现在那是你手臂的一部分，而同时有恐惧渐渐生出，越来越浓，怕有别人出现，想起出那根针，最终却连带你身体的一部分一同拔起。当哥哥的手掌在小臂上拍打，皮肤越来越红，当我努力理解那根针是什么，是谁把针钉在他身上，注射在他血管中的是什么成分，谁是粗暴地拽掉他手臂的另一个人，当我一心想弄清楚所有那些我不理解、永远不能理解的事，哥哥抛出了我忘不掉的话，是这句话带我走到了今天：你以后该写写这些，写写被收养的事，必须有人来写。

那天下午我们没出门，但没再回那个房间，哥哥也没回房间，我们都在客厅，等他叫来亲近的朋友。他语气太迫切，几乎所有人都答应得很快。我只是想告诉你们，我是被收养的，哥哥解释说，带着混杂的郑重和悲伤，隐约滞涩的嗓音，还有他没能藏起的莫名的羞耻。可能我不该太相信记忆，可能我的印象出了错，但我记得那一幕中没有夸张或压抑了的表示，没有伪装出的目光，没有不必要的情绪。所以呢？有人问，手掌捏捏他的肩膀。那又怎样？另一个人呼出一口气，补充道。我们早就知道，但谁在乎呢？我们从来不在乎，一点儿都不在乎，第三个人说着已经起身要走。

看着他们离开时，哥哥是松了口气，还是只觉得疲惫？是疲惫的话，源头应该在那天这些事之前很久，在他用言语宣泄之前很久——那是更古老的疲惫。那天晚上，尽管精疲力竭，尽管亢奋让位于不容反抗的疲乏，哥哥还是不想睡在他的房间。我们在我床边铺上床垫，他躺下了，但我注意到他很久没合眼，我想到他的双眼清澈见底，深处的液体之外是玻璃一样的表面。我在深夜醒来，察觉到身体的接触：是哥哥的手臂从一张床垫伸向另一张，是他的手掌搭在我的胸膛。

43

此时我重读这个片段,重读我们的故事的这节高潮,突然后悔忘了说到眼泪:仿佛讲了哥哥宣泄时我们哭得多厉害,就会歪曲所有事情的意义,或者夸大事态的激烈。我又振作起来,开始思考我为什么这么关心眼泪,为什么那么想利用这种能轻易制造戏剧性的素材。低落的嗓音为什么能吸引我,盈满泪水的眼眶、湿润的眼睛为什么让我着迷,既然我此前的全部人生都在对抗这种不可避免的感情用事,对抗过多的情感,对抗脆弱。但会哭泣的成年人并不脆弱,我领会了这一点,坚信不疑,这个教训我不会再忘记：哭泣而不以之为耻的成年人有值得羡慕的纯净。于是我问自己，会不会就因为这份羡慕，我才留意悲伤的事、悲凉的情景，忽视我们丰富的关系中的快乐和温情。

但回归记忆的这件事里没有太多快乐。四五岁的我正摇晃哥哥躺着的吊床。再用点力，他指挥着，我爬上矮墙，遂了他的愿。再用点力，他还是说，我再尝试去推沉重的吊床，结果用力过猛，踉跄着摔落，冲着粗糙的水泥地面号啕大哭。在哥哥的尖叫和狂奔里我才意识到摔得很重，不一会儿我发现自己被围住，姨父抱起我赶向医院。我的小臂断成了两截，医生或者姨父说，得赶紧把那两截接上。我刚吃过午饭，所以不建议麻醉，疼痛会很剧烈，但不久就会消散，只在胳膊上多一个螺钉。这下是我的叫声穿透墙壁和走廊，但很快疼痛消散，我平静下来，看到姨父骄傲的神情。

他没流一滴泪，我们到家时姨父说，那以后他每次回忆那个下午、每次想哄我开心都会再提起。没多久后，我渐渐得知，因为同样感到骄傲的姐姐悄悄告诉了我，我在医院时，哥哥哭了，哥哥自责或愧疚所以流着泪忏悔，哥哥太为我痛苦以至于需要安慰。我这才理解这个片段为什么从不知哪个角落重新现身，从浩瀚无垠的回忆和景象中浮现，打断了我们的故事：那天夜里，是我想睡在他身旁，把我的床垫放在他旁边，把我完好的那只胳膊搭在他的胸口。

44

我在布宜诺斯艾利斯走街串巷,观察那一连串认不清的建筑立面,观察那些街道的名字。贝尔格拉诺、萨兰迪、卡洛斯—卡沃,我不知所在地走,在一格一格的城市里绕着横平竖直的圈。我迷了路,但迟迟不接受我迷了路,迟迟不相信我会在这么规整的地形中间迷路。要是说我在如此符合逻辑的城市迷了路、绕着圈,我一路在想,那是因为我不想抵达中心,是因为我抗拒到达我选定了的目的地,是因为我逃避着在终点等我的东西。

这时我遥遥望见了韦利塞瓦留斯路的路牌,脚步终于有了节奏。看到有人同行,我发觉我找到了路,跟其他矫健的腿脚走在一起。一小撮人聚在五月广场祖母会的驻地前,我隔着段距离看见她们挥舞手臂,感到她们的呼喊在我胸腔里共振。我费力地在身体与身体间开出一条路,但很快疲惫,任由自己淹没在人群,让我的身体变成人群的又一个零件——我没再感到之前的寒冷,此时享受着集体的热量。我没再尝试走到门口,在入口数米外停下,一位同行者的收音机里反复播放召唤着我们的新闻:今天公告了又一个孙子失而复得。才到114号,还差四百个,四百个生下来就被掳走的孩子,四百种不为人知的命运。才到114号,男播音员动情高呼,但这一次有象征价值,这回是祖母会曾经的领袖艾斯黛拉·德·卡尔洛托的孙子。三十年了,三十多年的寻找、期待、斗争和坚持,这三十多年在今天下午抵达顶点。

这时,窗户上的一块临时幕布上,出现了一位女士的影像,玫瑰色的皮肤衬托着深邃的眼睛,咧嘴笑得坦荡,白发蓬松卷曲。女士开了口,静默瞬间降临。生活许她巨大的喜悦,而她用比想象中更坚定的声音庆祝这喜悦，庆祝终于打赢了漫长无比的战斗，正义和真相取得了应有的胜利。如今她的家庭完整了，或者说差不多完整了：他将占满空置的椅子，等待多年的空相框现在将放进他的照片。我已经见过他的脸，他很漂亮，那位女士这样说，她语气不变，毫无迟疑，平和的面容四周是簇拥着她的人们严整的制服。他很漂亮，是他找到了我，实现了我们这些祖母常说的话：他们会找到我们。我们还不知道整个故事，还得拼拼补补。但这是给说"够了"的人听的，是给还在质疑我们的斗争的人听的。这是给想让我们遗忘的人听的，他们想让我们翻过这一页，装作什么也没发生。对他、对我，这是一种修复，但对整个社会也同样。不过修复还不完全，必须继续寻找其他人，其他祖母一定要感受我今天的感受。无论如何，谢谢：我曾经只想不要还没拥抱他就死去。

人群变成欢呼和掌声的浪潮，我发觉我只能鼓掌、欢呼，发觉我控制不了我的手和嘴唇。人群深处有人呼吁纪念所有失踪者、所有被羁押者，我们共同喊出平时的口号，共同呼喊他们此刻在、以后也会在，现在到永远——"在这里，现在到永远"。现场活跃着忘我的狂喜，亢奋的情绪越过一对又一对肩膀、感染一个接一个灵魂，群情振奋的程度超乎想象。收音机里的播报员努力地颂扬这个事迹，这是民族历史上振聋发聩的一章，与恐怖和遗忘的战斗中迟来的胜利，粉碎一切敌对论调的幸福结局，国家重建的感受。

当我们停止呐喊，不再听到声音，当身边的人群散开、我又独自前行，我觉出心里没留下多少亢奋。我正感到幸福，我如愿身处其中，近距离见证了那张照片，参与了，也支持了，混进了其他人中间。我正为其他人感到幸福，但我的幸福伴着不安，我的胸腔已经穷尽了呐喊，还是有不多的忧郁。我没能走进祖母会的驻地，我就在外面看了发生的事，此刻找上来的后悔似乎不是毫无缘由。听着街上的静寂，吸进了寒冷的空气，我不再借着群情激荡蒙骗自己：即便我出现在那里，即便制造出我和他们有交集的幻景，我也缺席着、并将永远缺席这个国家的重建，我将永远是阿根廷诸事的旁观者。

于是我明白，或认为我明白了，为什么我把遥远的恐惧变成了郑重的幻景。于是我明白我为什么总在寻找祖母会，为什么把自己放逐在她们最大的驻地，为什么造访她们那些圣地、博物馆、纪念堂，为什么如此固执地钻研她们的往事，为什么开始仔细观察她们的女儿的脸，为什么我执着于可能成立的谎言，罔顾一切证据，把哥哥看作她们失踪的孙子。这不会为他的生命赋予意义，像我曾以为的那样。这不会消除他令人忧心的停滞、他此时的空无。不是他，是我渴望找到意义，是我渴望摆脱我自己的停滞，是我想要重新归属我从未归属过的地方。我终于明白，终于确定了所在，终于决定离开：没有什么能把什么地方还给我，没有什么能修复我曾经历的生活，因为我身上好像没什么正待修复。

45

　　消沉、远遁、沉默的时间多么难以计量，和相聚的、与各种声音交汇、与各个面庞相见的这段时间多么不同。我随着姐姐穿过城市，重访我曾抛弃的风景，惊奇地打量身旁与我们并行的肮脏河水，但对这一切什么都没想，什么都没考虑，什么都没思量。相聚的时间鼓励抛弃所有想法，成分很纯粹，用灵巧的手指制住飘忽之物，用嘴唇盖住牙齿。我随着姐姐穿过城市，沉浸在共同生活的愉悦之中，听她兴奋地讲起最近的事，感慨她生活丰富，有太多事发生。我很少回应，再次感谢她的殷勤招待，泛泛地讲起刚过去的那些时日，隐去在布宜诺斯艾利斯漫长的经历，评点生活里的平庸无趣。

他们一时冲动买下的新家、装修期间越发复杂的遭遇、患者的不断打搅，她话里的一切都流露出某种连续性，广阔的现时、持续的生活。他们想马上再要个孩子。小米格尔都三岁了，马上是少年了，她开玩笑说，继而大笑，他想到什么就说什么，我都不知道哪儿来的奇思妙想。他真的太像你了，她对我说，真的，我是说，他有你的样子，紧张或者害羞的时候脸红的模样，在玩具上还有每本书上专心的劲头。于是她说起我们的哥哥，这下当了舅舅，你真该看看他跟外甥一起是什么样，那副无拘无束的样子，跟那孩子一玩几个小时，捏他的脸蛋，教他我都弄不明白的东西，太神奇了，他身上有些东西舒展开了。

我一时没想到怎么回应，我没仔细听那些感叹句，对话终止于凝滞的沉默，我回归了思索，还有对情感的过度审视。我想到我一直忽视了姐姐，对她的事漫不关心，沉浸在别的幻想里的时候也抛弃了她。谈论这个家，汽车穿过灰扑扑的城市时，我在思索，书写这个家，总是思考这个家不等于生活在这个家，参与这个家的日常,栖居在这个家的当下。我思考着时间:我不熟悉这个家,我关于这个家的了解只剩这么一点,那么这就是本陈旧的书。我思考着时间:我花了多少年写这本书,自我孤立了多少个月,在多久以前故事就不再是这些故事、冲突就已经化解?

46

我们在同一张桌子前相聚,我们五个人,快过九点而我们仍在交谈。直到现在我们还没说回那些严肃的旧事,交谈已经成了挖掘日常生活里细小的趣味,讥讽轻微的不满,从我们的声音的振动判断我们能否认出彼此、是否互相熟悉。我留意到,这么多年过去,我们变得更加巴西,或者说离曾经的我们更远:餐后甜点现在指点缀正餐的水果,不再是轻快摆动的手,不是我们说出的机灵话。

直到哥哥姐姐离开,直到我们喝到了第二杯茶,相聚的气氛才严肃起来。前一天夜里,父亲母亲读了我寄给他们的书,用这些纸页掩盖了失眠,花了些时间润色他们能说的话,思考要怎样处理这种有些奇特的状况。当然不能只作文学上的点评,两人像要寻求谅解一样声明,整个阅读过程里他们都觉得有种怪异的双重角色,觉得自己分裂出了读者和人物,在故事和故事之间没完没了地摇摆。说来奇怪,母亲说,你说母亲时我看到了自己的脸,你说我说话时我听到了自己的声音,但很快脸变了样子、声音变了调,很快我就不再认得出自己。我不知道那个女人是不是我,我觉得书里我被再现了又没被再现,我不知道那对父母是不是我们。

你的文字里始终有悲伤的基调,她一再说,而我察觉到她受了伤。我理解你追求事件的激烈程度,但我不知道我有没有理解为什么非要这么忧郁。你没像作家常做的那样说谎,但谎言以另一种形式建立;我不知道,可能我只是想用这话为自己辩护,但我怀疑以前的我们不是这样,我认为我们作为父母做得要更好。我们确实为你哥哥感到了些痛苦,你也忠实地写了那些事,但我问自己,他有没有差到那种地步,是不是曾经那

| 抗拒 |

么回避、那么难相处,有没有一段时间闭门不出。我记得又不记得你讲的很多事、各种苦涩的片段,但你想要真诚的心意显而易见,我不断读到这份心意。另外,我不很明白,你为什么选择颠倒有关食物的冲突,把你哥哥的超重说成恰恰相反的消瘦。无论如何,我认为至少有一处明显的偏差,它指示了其他更多的偏差,我认为不是所有都符合现实或试图模拟现实。

父亲没说话,从未打断她或表达任何不同观点、反对意见,没太留意她的话却漫不经心地点头,因此我知道这段讨论被仔细地演练过,知道他们各有分工,曾为最恰当的反应争论许久。我应该说,有些不准确的地方让我不太舒服,父亲扮上了他在戏里的角色,接过了话。我从来没在床底下放过枪;我在家里藏过枪,但从来不在床底下这么显眼的地方。你为了提到刑讯而描述的那场聚会,朋友缺席的那次,我们从来不是那么失望。那个年代形势严峻,聚会经常取消。我想说的是,我觉得你刻画的抗争者太天真,我不愿意承认我有那么天真。这些最终都会被质疑,我们会出来批评这本书,提点意见,指出不合适的地方,可能这方法甚至还算巧妙,但我不知道是不是能修正些什么。

白水公园那一幕太荒谬了，父亲继续说，这时母亲表示强烈的同意：怎么会有人在光天化日下、在公园中间，从口袋里掏出一颗手雷？那一段让我觉得缺乏真实感，父亲说。而我一时没能克制住反驳：但确实是这样，你们给我讲过的，这件事我想我记得很清楚，出于某种原因印象非常深刻。你们的故事里有很多离奇的地方，我申辩道，这不是唯一一处。我甚至不得不略去了一些，因为不会有读者能容忍：读者怎么能接受你们在独裁期间偷偷涉险回过阿根廷，怎么能接受你们冒这么大风险就因为想收养一个女孩？好吧，可能是这样，母亲打着哈哈，公园里的集会可能是有过，父亲接受了，让了步：那本就是些不真实的年月。

说实话我觉得我们说到其他事、创造障碍，是因为这本书让我们有些不安，必须承认，过多的暴露让我们担忧。父亲提出了问题：这么细致地描述那些旧伤疤能得到什么，公开地审查我们的冲突能得到什么？如果说哥哥在他那些狂欢中向很多人展示了这个家，如果说你描述的事物侵犯了我们的领域，那你现在是在推进哪种审查，要怎样入侵我们内心的最深处？这时我沉默了，这时没有任何论据能支持我，但我发觉母亲示意他措辞柔和些，似乎拒绝被包括在内。她直言让我们冷静，不要吵闹，没必要这样说话，没人埋怨写了这本书。

我明白，当然，他语气温和地继续，书里精心书写了我们经历的一切，这本书是另一种治疗，一个在情感中的故事在其中获得了躯体。但如果是这样，难道这书不该在我们中间，不该由我们共同阅读、解读、讨论吗？我知道，我们知道这本书里满是谨慎、全是关怀，我知道不止我们有双重角色，这本书的每一行里也都是双重的。不过，有些时候，我仍然保有疑虑，不确定这本书该不该到处存在。只是我不想让你被我牵着鼻子走，我没想过要这样：前进吧，塞巴斯蒂安，你做了你不得不做的事，甚至也许有人能在其中读到精彩的小说。

47

我是也不是穿过走廊的那个男人，我感到又没感到腿迈开的重量，我听到也没听到脚踏上地板。在身体上无法抹除的记忆里，我还保留着无数次在那里踌躇的男孩，我曾是的男孩，还是说我仅仅是那个走到门口、坚定地举起拳头的男人？持续不了多久，那叩击差不多没持续下去，四指在木板上平平无奇的叩击而已，但是，叩击中回响着悠长的过去，回荡着满是担心、犹豫的漫长路途。我在又不在哥哥的房门前驻足，腋下夹着又没夹着一叠字纸，不清楚要在那里做什么，是不是想要他的拥抱,是不是想要他的宽恕。

我在等待,等待时突然袭来一阵莫名的恐惧。我不清楚我要探寻什么,我没给那恐惧赋予确切的词汇,但我想我感受到旧时的不安全感突然袭来,我想我要探寻这些书页是否会有些价值。我能写出的这本书是不是足够好,这本可能的书是不是足够真诚,够不够敏锐?我怀着这个目标满足了他曾经的要求,送上了哥哥曾想要的东西,我曾认为他想要的东西,还是说很久以前我曲解了他的愿望,捏造了他想让我更善感的渴望?这时,当我听到对面的脚步声,恐惧有了新的信号,我忧心的已经不是这本书,对这本书我已经不在意。无论是男孩还是男人,审查的对象突然成了我,是我该回应时间微弱的回声。这时我已经不知道曾经的我是不是够格,能不能称作兄弟,是不是足够好,是不是真诚,够不够敏锐。

哥哥打开门,没给我答案:他出现时,那些疑问就消失了。哥哥是侧着身的健壮身躯,是展开来邀我进门的手臂,是平静得让我惊讶的房间。他没穿外套,胸腹不肥不瘦,那道伤疤不过是我得去找的一长道痕迹。我发觉我避开了他的眼睛,不愿对视。我垂头走进房间，仿佛已将它完全占据，没给其他东西留下空间；我发觉房间里容不下言语。很快我会把书递给他，言语可能会找到自己的位置。此时，在这一刻，我只是看向哥哥，我抬起头而哥哥就在那里，我睁大眼睛而哥哥就在那里，我想了解哥哥，我想看我从未能看到的东西。

译后记

凭《抗拒》获得雅布提文学奖之前,胡利安·福克斯已在这一奖项两度提名。结合自身经历和文学经验,作家一面汲取,一面反思,形成了《抗拒》中鲜明的个人风格。

一九八一年,胡利安·福克斯出生在巴西圣保罗。四年前的政变以后,阿根廷便笼罩在恐怖气氛之下。为躲避新政权的威胁,一九七七年,福克斯的父母逃离布宜诺斯艾利斯,随后定居巴西。《抗拒》中故事的起点,正是家庭的这段早期经历。

小说的另一个出发点是文学上的探索。《抗拒》出版后一年,福克斯通过了博士论文答辩，获得了圣保罗大学文学博士学位。论文中，作家梳理了小说这一概念的流变，着重探讨了小说，特别是现实主义小说和历史的关系。某种程度上，《抗拒》既体现了文学传统对作家的滋养，也呈现了他反思这种传统并探索当代小说的边界的过程。因此，小说情节虽不复杂，但读来也未必轻松。以下就小说的翻译和理解略作说明，希望能与读者的解读有所交流。

语言和结构

小说主要包括三个时期的历史事件或个人经历：父母在阿根廷时的政治经历、五口之家的源起；全家定居巴西后，哥哥青少年时期的家庭内部冲突；"我"独自流连布宜诺斯艾利斯，回到一家人从前的公寓，并见证当代阿根廷社会未愈合的创伤，写作本书。这也是关于三个不同主体的"抗拒"的故事，其中又穿插着其他不同形式的"抗拒"。三个故事分散在四十七个短小的章节中，相互交织、互相映照，时而还有叙事者的想象和自我设问夹杂其中。在葡萄牙语原文中，仅借助动词时态与式的变化，这些片段往往就得以简洁、明确地区分：与写作行为和反思活动同时，"我"探访故居、翻阅相册，了解、见证、参与五月广场母亲会的活动，最后与家人重聚，在这一过程中不断追溯过往，探索过去与当下之间的联系。应当说明，为免表意不清，译文有时借助状语说明时间和语气，如若因此显得笨拙、啰嗦，实非原文之过。

小说在有限的篇幅里分出四十七个章节，却不显得过分散乱，这要归功于各部分情节间紧密的关联。这种关联有时来自时间上的连续，有时则源于某个串联不同情节的核心概念。各章节要么讲一段完整的故事，要么精心设计语句上的重复，以相同的词汇或句式，建立起不同时期、不同情境、不同主体的经验之间承继或对照的关系。译文尽可能呈现了这种重复。但其中有些词句意义丰富，例如 resistência 一词，也就是小说的标题，正如作家多次在访谈中提及的，既指主动的抗争，也有被动的拒绝。前者如父母在阿根廷的政治活动、母亲年轻时生育的愿望，后者包括哥哥把自己关在房间、"我"把自己流放到布宜诺斯艾利斯陌生的大街小巷，拒绝自己无法理解的来自家庭的接纳，也抗拒听到的故事和眼见的现实。这一类词汇，在不同语境下，译文往往选择更符合情境的方式表达。

同样贯穿全文的还有复数的 palavras 一词，译文中大多写作"言语"，常常与"沉默"（silêncio）对照。言语是小说质疑和反思的对象，无论是父母讲述的过去还是"我"写下的一切，无论陈述、推测或设问、猜想，无论是其中传达的内容还是言说的动作本身。小说中的叙事者极尽谨慎，不断反思自己的用词和语气是否恰如其分，反复诘问各段情节是否符合"现实"、是否确有其事。他拒绝承认确定性，甚至公开怀疑自己，提醒读者警惕言语的圈套，不要因为看到他的自白就认为他足够坦率。从第一章到最后一章，纠结始终存在，叙事者的犹豫不决表现为情节的交错、语言的缠绕。从这个意义上说，遣词造句上的反复，不仅有助于构建人物、事件之间的内在联系，反过来也是对语言本身的审视。小说雕琢语言，也不讳言雕琢时的刻意。这已经构成了作家本人鲜明的文学风格。即便对于葡语读者，哪怕情节算不上复杂难懂，这种"刻意"也十分突出。在避免理解障碍的前提下，译文尽量保留了小说的这项特质。

塞巴斯蒂安与福克斯

小说所质疑的种种，都围绕一些基本事实展开：比如哥哥是被收养的，比如阿根廷的那些失踪和死亡。福克斯曾表示，小说原定的题目是《可能的兄弟》，也就是题词中所说的"能称作兄弟的兄弟"，是出版方顾虑已有其他书籍题目相似，可能引起误解，于是提议改为《抗拒》。自此，标题不再强调"收养"主题，转而将目光引向一种更广泛的姿态。小说讲述了各种各样的抗拒，而其中最特殊的来自叙事者自身：上一代经历了恐怖和流亡，哥哥曾被收养，他们的动机来自切身的创伤，唯有"我"的抗拒源于他人的经验在内心制造的巨大回响。

起初，这种回响是不自知的。收养和流亡一样，意味着相当彻底的抛弃、与来处的决裂。写作本是为了重建哥哥的过去，尝试破除他的自我封闭。然而，叙事者很快发现自己无法置身事外，回到布宜诺斯艾利斯的街头，迎面撞上的反而是关于自己的身份的困惑：哥哥无疑是阿根廷人，那么我呢？在不确定的宇宙中，收养、流亡的基本事实标志着确定的锚点，当事人因此有了自己的坐标。叙事者试图参照前人的位置确立自己的坐标，却发现流亡制造的决裂阻碍了他重建自身的尝试。因此，"我"试图将个体与集体链接，用集体记忆中的意义，填补这种断裂在个体的过去中造成的缺失。第三十二章中，叙事者在自我批评揭露了这一目的。后来，第四十四章中，当"我"走上国会广场，加入失踪者亲属的集会，这种追求达到了顶峰。但随之而来的是彻头彻尾的否定，"我"终于意识到，哪怕家庭的组建与那段历史有无尽的关联，也不能把自己寻求的意义强行附会于尚未愈合的集体创伤，而哥哥与其他家庭成员的隔绝不单单来自他的自我封闭，也是"我们"自我封闭的结果。在小说结尾，叙事者回到家中，发现他们之间的隔阂已经消弭，仅有的自我孤立属于自己。写作没能重建那个确定的过去，但让他找到了打破最后一份封闭的理由，于是"我"敲响哥哥的房门，门开了。"我"走出了迷宫般的过去。

倒数第二章末尾揭示了叙事者的名字：塞巴斯蒂安。这并非他的初次亮相。在作者的上一部长篇小说中，主人公是一位同名的作家，在布宜诺斯艾利斯街头游荡，寻访童年生活的痕迹，想借此写出一个故事，却迟迟不能下笔。在福克斯的新作中，塞巴斯蒂安则再次作为叙事者出现，讲述发生在圣保罗的事。每部作品中，这个人物都承载了作者的一部分记忆，共有后者的焦虑，尤其是作为写作者对小说这一体裁的怀疑和反思。葡语中"抗拒"（resistir）一词发音近于reexistir，即重新存在、再生，作家也曾承认，他意识到抗拒和存在密切相关，多有重合。如此说来，以抗拒的姿态写作的塞巴斯蒂安不失为福克斯的一种存在方式。

但这些塞巴斯蒂安又未必是福克斯。在《抗拒》结尾，作者借书中的母亲之口点明了这种似是而非，指出了书中人和书外人的双重身份制造的迷雾。我们无法从现在回到过去，既然过去已经无法书写，那写下的就必然不是过去；这个书写着过去的某种相似物的塞巴斯蒂安，无论如何努力，都只是福克斯的某种相似物。换句话说，《抗拒》有鲜明的自传色彩，但与标榜真实性的传记不同，它有意识地质疑这种"真实"的可能性，并强调虚构在叙事中不可避免，过去无法重建。

结语

事实上，虽然在小说的描述中，尤其是与阿根廷相比，七八十年代的巴西社会显得平静安宁，但在许多巴西人看来绝非如此。翻开这一时期的巴西思想史、文学史，在那些堪称伟大的姓名后面，赫然是一片又一片海外流亡的记录。在巴西，也许因为民主化过渡相对和平，关于军政府统治时期的讨论始终不够广泛、充分，围绕上世纪这段历史，公众至今仍然争论不休，甚至有不少人借机否认。然而，正如小说中表现的，如果那个时期的经验是创伤，那么伤口至今仍未愈合，在广场上、在家庭中、在当代人心中，依然能见到或深或浅的痕迹，不容否认这段历史曾制造的痛苦。

回到全书开篇，题记引用了埃内斯托·萨瓦托在同名作品中的话。这位阿根廷文学家痛苦地发问：该怎样实践抵抗的理念？在野蛮资本主义下，当许多人已经如此依赖这个系统，为了满足基本的生存需要而不得不卷入其中，难道要让他们与自己赖以安身立命的环境决裂吗？福克斯的小说书写了类似的困境，围绕收养、流亡、记忆的传承、过去的重建、身份的体认等诸多重要话题，开辟了丰富的解读空间。

译文不是原文在另一种语言中的复制，既是翻译的遗憾，某种意义上，却又是其价值所在。福克斯的这部小说多有雕琢，精妙之处未必能在译文中传达，遗憾难免，唯愿能借这篇短文抵抗一二。

在此，特别感谢樊星老师促成我们与这部作品的相遇。

卢正琦

2023年5月于巴西坎皮纳斯

胭砚计划（按出版时间顺序）：

东洋志：

《战斗公主 劳动少女》，[日]河野真太郎著，赫杨译
《给年轻读者的日本亚文化论》，[日]宇野常宽著，刘凯译
《青春燃烧：日本动漫与战后左翼运动》，徐靖著
《同盟的真相：美国如何秘密统治日本》，[日]矢部宏治著，沙青青译
《昭和风，平成雨：当代日本的过去与现在》，沙青青著
《平成史讲义》，[日]吉见俊哉编著，奚伶译
《平成史》，[日]保阪正康著，黄立俊译
《一茶，猫与四季》，[日]小林一茶著，吴菲译
《暴走军国：近代日本的战争记忆》，沙青青著
《古寺巡礼》，[日]和辻哲郎著，谭仁岸译
《造物》，[日]平凡社编，何晓毅译

太阳石：

《鲁尔福：沉默的艺术》，[西]努丽娅·阿马特著，李雪菲译（即将出版）
《达里奥：镜中的预言家》，[秘鲁]胡里奥·奥尔特加著，张礼骏译（即将出版）
《科塔萨尔：我们共同的国度》，[乌拉圭]克里斯蒂娜·佩里·罗西著，黄韵颐译
《巴罗哈：命运岔口的抉择》，[西]爱德华多·门多萨著，卜珊译
《皮扎尼克：最后的天真》，[阿根廷]塞萨尔·艾拉著，汪天艾、李佳钟译
《多情的不安》，[智利]特蕾莎·威尔姆斯·蒙特著，李佳钟译
《在大理石的沉默中》，[智利]特蕾莎·威尔姆斯·蒙特著，李佳钟译
《〈李白〉及其他诗歌》，[墨]何塞·胡安·塔布拉达著，张礼骏译
《珠唾集》，[西]拉蒙·戈麦斯·德拉·塞尔纳著，范晔译
《阿尔塔索尔》，[智利]比森特·维多夫罗著，李佳钟译
《自我的幻觉术》，汪天艾著
《群山自黄金》，[阿根廷]莱奥波尔多·卢贡内斯著，张礼骏译
《诗人的迟缓》，范晔著

巴西木：

《这帮人》，[巴西]希科·布阿尔克·德·奥兰达著，陈丹青译，樊星校（即将出版）
《一个东方人的故事》，[巴西]米尔顿·哈通著，马琳译（即将出版）
《抗拒》，[巴西]胡利安·福克斯著，卢正琦译

《歪犁》，[巴西]伊塔马尔·维埃拉·茹尼尔著，毛凤麟译，樊星校
《表皮之下》，[巴西]杰弗森·特诺里奥著，王韵涵译

努山塔拉：
《瀛寰识略》，陈博翼著

其他：
《少年世界史·近代》，陆大鹏著
《少年世界史·古代》，陆大鹏著
《男孩的心与身——13岁之前你要知道的事情》，[日]山形照惠著，张传宇译
《噢，孩子们——千禧一代家庭史》，王洪喆主编
《大欢喜：论语章句评唱》，李永晶著
《回放》，叶三著
《雪岭逐鹿：爱尔兰传奇》，邱方哲著
《故事新编》，刘以鬯著
《亲爱的老爱尔兰》，邱方哲著
《说吧，医生1》，吕洛衿著
《说吧，医生2》，吕洛衿著
《天命与剑：帝制时代的合法性焦虑》，张明扬著
《现代神话修辞术》，孔德罡著
《看得见的与看不见的》，[法]弗雷德里克·巴斯夏著，于海燕译

Copyright © 2015 by Julián Fuks
First published in Brazil by Editora Companhia das Letras
桂图登字：20-2022-269

图书在版编目（CIP）数据

抗拒 /（巴西）胡利安·福克斯著；卢正琦译. --桂林：漓江出版社，2024.3

ISBN 978-7-5407-9697-6

Ⅰ.①抗… Ⅱ.①胡… ②卢… Ⅲ.①长篇小说－巴西－现代 Ⅳ.①I777.45

中国国家版本馆CIP数据核字(2023)第250601号

Obra publicada com o apoio da Fundação Biblioteca Nacional e do Instituto Guimarães Rosa do Ministério das Relações Exteriores do Brasil
本作品由巴西外交部吉马莱斯·罗萨学院与巴西国家图书馆基金会资助出版

BIBLIOTECA NACIONAL   IGR Instituto Guimarães Rosa

抗拒 *A Resistência*
KANGJU

作　者	[巴西]胡利安·福克斯
译　者	卢正琦
出 版 人	刘迪才
品牌监制	彭毅文
选题顾问	樊　星
责任编辑	彭毅文
助理编辑	李雪菲
书籍设计	千巨万工作室
责任监印	陈娅妮
出　版	漓江出版社有限公司
社　址	广西桂林市南环路 22 号
邮　编	541002
微信公众号	lijiangpress
发　行	北京联合天畅文化传播有限公司
发行电话	010-64258472
印　制	北京盛通印刷股份有限公司
开　本	880 mm×1230 mm 1 / 32
印　张	5.75
字　数	84 千字
版　次	2024 年 3 月第 1 版
印　次	2024 年 3 月第 1 次印刷
书　号	ISBN 978-7-5407-9697-6
定　价	48.00 元

漓江版图书：版权所有，侵权必究
漓江版图书：如有印装问题，请与当地图书销售部门联系调换